*bus*iness | 企业管理

bus

阳光基业

一家金融保险新锐企业的崛起路径

郑作时 赵守兵◎著

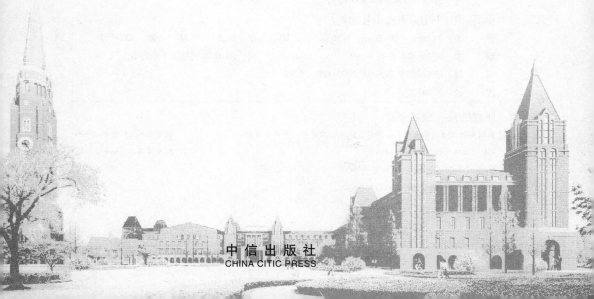

中信出版社

CHINA CITIC PRESS

图书在版编目（CIP）数据

阳光基业：一家金融保险新锐企业的崛起路径/郑作时，赵守兵著. —北京：中信出版社，2010.6

ISBN 978–7–5086–2075–6

I. 阳… II. ①郑…②赵… III. 保险公司－企业管理－研究－中国 IV. F842.3

中国版本图书馆 CIP 数据核字（2010）第 078532 号

阳光基业————家金融保险新锐企业的崛起路径
YANGGUANG JIYE

著　　者：郑作时　赵守兵

策划推广：中信出版社（China CITIC Press）蓝狮子财经出版中心

出版发行：中信出版集团股份有限公司（北京市朝阳区和平街十三区35号煤炭大厦　邮编　100013）

　　　　　（CITIC Publishing Group）

承 印 者：中国电影出版社印刷厂

开　　本：787mm×1092mm　1/16　　印　张：14.5　　字　数：152千字

版　　次：2010 年 6 月第 1 版　　印　次：2010 年 6 月第 1 次印刷

书　　号：ISBN 978–7–5086–2075–6/F · 1975

定　　价：32.00 元

目·录

推荐序一 · 感受阳光

马蔚华

招商银行行长

《阳光基业》一书即将付梓，承邀为序，欣然命笔。

因工作关系，我与阳光保险集团董事长张维功先生常有往来。每次与维功先生会面，听他介绍阳光保险的现在和未来，与他交流金融及保险的一些创新想法，我都深深地感受到维功先生是个有愿景、有激情、有信心的人，且为阳光保险的事业倾注了全部心血与感情。《阳光基业》证实了这一点，书中的故事令人肃然起敬。

阳光保险与我所服务的招商银行有不少相似之处，特别是一直执着于在激烈的市场竞争中追求"一点点不同"，这让我印象深刻、倍感亲切。招行倡导在战略上"早一点、快一点、好一点"，其目的也是要打造与同业不同的竞争力。

这种不同，体现在阳光保险对文化的追求上。我们始终认为，企业文化作为最高层次的管理手段，是决定企业长期经营绩效和持续成长的关键变量。处于当今这个经济社会转型时期，一些企业家可能会不自觉地产生浮躁心态，也有个别人甚至或者近乎投机取巧、哗众取宠，这往往会给企业带来致命的伤害。阳光保险成长十分快速，但始终坚持金融企业必须遵循的审慎原则，一步一个脚印，走得非常扎实和稳健。在高速扩张中，阳光保险选择了文化这一纲领性要素作为保持稳健发展的平衡木。人生的路虽然漫长，但紧要处只有一步。选择决定命运，对人如此，对企业也是如此。当一个企业重视了文化管理，就具备了基业长青的条件，因此也必将展现出勃勃生机。

这种不同，也体现在阳光保险对创新的热衷上。创新是企业生存和发展的灵魂。招行被誉为敢为天下先的新锐银行，阳光保险也是敢于"吃螃蟹"的企业。她在业界首推的"红黄蓝赢利模式"、车险新生命表等创新举措，使公司经受住了金融海啸的考验，历经了南方雨雪冰冻灾害和汶川地震的双重洗礼，并且实现了更加健康的发展。这也验证了"危机"一词的含义，即越是危险的时候越孕育着机会。

这种不同，还体现在阳光保险对市场的敏感上。唐朝大诗人白居易在《钱塘湖春行》中写道："几处早莺争暖树，谁家新燕啄春泥。乱花渐欲迷人眼，浅草才能没马蹄。"诗写得很美，用来形容今天的金融保险市场也十分恰当。阳光保险虽然成立的时间较晚，但在"渐欲迷人眼"的市场中触觉灵敏、反应快捷，紧紧抓住了"保险国十条"的机遇迅速集团化，使自身的竞争力在100多家保险市场主体中日益凸显，不但争得了"暖树"，而且啄来了"春泥"，逐步构建起一个可以支撑未来持续发展的平台。我相信，依托这一平台，阳光保险的明天将会如她的名字一样，灿烂明媚。

美国管理学家柯林斯和波拉斯在《基业长青》一书中曾经指出企业成长的12个迷思，提出成功的公司要有利润之上的追求、要保存核心价值观、要具有严谨的企业文化、要有远大的目标等努力方向。这些真知灼见，既是当今世界上那些基业长青企业的长生秘诀，也是每一个追求基业长青的企业应当学习和借鉴的宝贵财富。阳光保险是中国企业中追求基业长青的勇敢探索者之一，她所追求的"一点点不同"，或许能够通过长期积累而形成超越一般的不同。

今年，是21世纪第二个十年的开端。站在这样一个新起点上，无论是回顾过去，还是遥望未来，都具有特殊的意义。以美国为首的西方金融业已经经历了人类历史上两次巨大的波折，而中国现代意义上的金融业才起步不久。我赞同维功先生的话：晚即早，小即大。阳光保险作为中国金融保险业的后起之秀，透过她，我们不但可以看到保险业的未来，也可以看到中国金融业的美好明天。

推荐序二 • 寻找阳光的基因

吴晓波

财经作家 蓝狮子财经图书出版人

过去十几年里，有个命题一直困扰着中国企业界和学术界：中国是否能诞生像通用、微软这样的世界级公司？这个问题的另一面是：如果中国想诞生世界级的公司，应该走怎样的成长路径？围绕着这个问题，不同公司的探索形成了两条不同的道路：以联想、华为、TCL为代表的制造企业迈上了全球化的道路，几多沉浮；而依托于中国庞大的内需市场，阿里巴巴、百度等一批互联网公司则致力于本土战略，在精耕细作下发展。

事实上，那个命题的最后一层意思是：如果仅仅依托于中国市场，是否足以承载一家世界级公司的梦想？时至今日，这问题的答案已若揭晓：作为世界上人口最多的国家，中国的庞大市场足以承载任何梦想和试验。以前最典型的是互联网产业，而今则延伸到诸多新兴产业里，保险业作为开放较迟的金融产业中的一支，也是如此。

在这本《阳光基业》中你能找到这样的数据：1980年，中国的保费为4.6亿元，而到2009年时，这个数字已变成11 137亿元，30年增长3 000倍，这是中国很多产业的真实写照。快速增长的产业就像条未划边线的跑道，每个方向上都是目标。即使到今天，曾经被英国人胡润形容为"不用瞄准都能打到一排鹿"的中国机会依然存在，而在这些快速增长的数字背后，则是一个个中国式的传奇故事，本书的主角——阳光保险公司就是这样一个年轻的标本。

阳光保险创立于2005年7月，在5年时间里，阳光保险由零起步，从100多家公司组成的保险产业里脱颖而出，一跃成长到七家集团之一；5年间，阳光在全国各地开设了1 200多家分支机构，从第一笔收入到年产值超过百亿元，阳光只用了4年时间，这样的业绩被称为"阳光用3年多时间就走完了其他公司10年的路程"。这就是这家新公司的一份业绩单——又一个中国传奇。

但在我看来，比这些数字更有意义的是：在中国这样一个快速扩大的市场里，在一条可以随意穿越的赛道上，新创企业怎样能获得超越同行的成长？阳光给出了一串很有意义的启发——

第一是走正道。

商业时代一定要做商业的事情，尤其是在中国这样一个机会众多的国家里。这点在张维功身上尤其鲜明。张维功在创办阳光之前，是中国保监会广东监管局党委书记、局长，同时也是中国保监会系统中最年轻的正厅级干部。但就在这样的环境下，已经年届不惑的张维功依然选择了创业。而在前面8个月的筹备期里，张维功和他创业的团队就像西天取经的唐僧师徒一样，尝尽了人世间的艰辛。《阳光基业》中记载：当张维功在保监会时，都是企业求着他们办事，但下海后，却变成他们等着企业老总接见。而此前张维功很早就有了专车，但创业时却连坐出租车都觉得奢侈。又在筹集资金阶段，他会经常让出租车停在距离企业很远的地方再步行过去，因为稍微显得体面一些。

这是很多创业者都需要经历的一关，最终创业有成者无不如此。

第二是拉团队。

创业成功与否，往往系于团队的凝聚力如何。阳光保险创办时，资金很快耗尽、前景又不明朗，工作还特别劳累，拿不到工资不说，还时常要自掏腰包。这种环境下，一群人凝聚一心的核心因素，便是对理想的坚定信仰。而创业时的团队，又往往会成为日后公司的骨干。

阿里巴巴也有18元老，创业时每个月只有500元工资，但最终也成就了阿里巴巴的今日。其他新兴企业如百度、新东方亦无不如此。

其三是勤开会。

创业型的企业往往都有一个特点：创办者往往是公司里体力最好、嗓门最大、精力最旺，甚至饭量最大之人，因为创立公司实在是一项很艰苦的工作，需要旺盛的体力与精力支持。阳光保险的情况也是如此。阳光保险内部有个"阳光夜总会"，因为每晚总是开会，由此得名。而张维功也是保险业中公认的最勤奋、最敬业的掌舵人。尽管最勤奋者并非总是最成功的那位，但往往成功者都有勤奋的背影。

阳光保险的这部公司史本来有两个备选书名：一叫《阳光基业》，二叫《阳光的味道》，这道选择题最后的答案已经明了，作者最终选择了"基业"，我想这大概是他们对阳光保险的一个美好期望。

是为序。

作者自序 · 快速成长标杆

一

2005年才刚刚成立的阳光保险，是国内金融业逐步开放之后快速成长的一个标杆式企业。

在通常情况下，快速成长的公司有时难免让人有一些担心或产生疑虑。因为过快的成长常常带来公司发展中的隐患：核心价值观的缺失、人员过快扩张带来的素质下降、可能存在的财务问题、公司管理者之间的磨合等一系列问题。

然而作为金融市场里的新兴竞争者，这家公司却让这些担心与疑虑烟消云散了。阳光保险在2005年年初时还只有十个成员和不足百万的资金，而今天，员工人数已达数万，分支机构1 000多家，年营业额达到了200多亿。作为一家新锐保险公司，它不但用不到5年的时间创造了许多成立超过10年的同行都没有达到的业绩，而且员工的向心力不断增强，管理基础日益扎实，经营愈加稳健，从而使其真正成为一家能称得上创造奇迹的、快速成长的标杆。

其背后的重要原因是：阳光的员工特别是管理者5年间的工作量，达到甚至超过了同行10年时间的工作量，很多管理者每天的工作时间经常超过了15个小时，因此我们的很多采访基本上都是在晚上进行的。在他们看来，思路源于多思考，创新源于多实践，业绩源于多努力，白天的执行包含了夜间的思考，成功没有任何捷径可走……这一切都应验了古人的那句话：天道酬勤。

之所以记录这个公司的成长，因为这样的成长在中国有着特别的意义。在全球化的背景下，中国市场快速成长，竞争也格外激烈。作为市场的一员，在抓住市场需求带来的机会的同时，必须思考如下问题：

如何在竞争中构筑同行所不具备的优势？

如何使公司在成长的过程中不断积累人才，获得发展？

如何在快速的发展过程中把已经获得的优势扩大，并逐步赶上先行者？

在产业危机到来时，如何把这种行业都面临的危机变成个体公司的机会，并使公司获得更好的发展？

阳光保险在其五年的实践中，以其独特的经历，写下了答案。这也是阳光保险在新创五年中值得记录的地方。

二

在几乎每一个希望成为百年基业的公司历程中，我们都可以看到的是与阳光保险一样的问题，那就是时代给予的机会和社会变动带来的危机。在阳光保险这个只有5年历程的公司中，公司成长面临的两个问题都出现了。而正是抓住机会和转危为机，才有了阳光的"成年礼"，才使得阳光保险获得了快速成长。

市场经济的法则告诉我们：市场的需求如浪潮一样波动。需求到来之时，业者纷纷加入供应者一方；而需求动荡之时，则极大程度上考验着供应者的能力。在中国这个新兴的市场经济国家中，业者常常是选择价格战来提升市场份额，但价值战才是超越竞争对手的最终法则。

身处金融产业的阳光保险，是怎样在国内市场这种竞争中既遵守政府部门的监管，避免无序竞争，又通过价值挖掘来扩展市场，进而成为保险这个市场中新兴个体的领跑者？这同样是本书的重要看点。

三

在中国建立一个全国性的大公司，最为重要的是用管理者的愿景来凝聚整个公司的员工。

这可以说是阳光保险作为市场经济中的个体最有特色的一个方面。

阳光保险公司的最高管理者张维功，是一个从事保险业已达20年的从业者。在公司创业之初，他和他的创业伙伴已经为整个阳光保险规划出公司的未来和所应具备的核心竞争力。它在成立之初就确立了成为市场中最有品质和实力的愿景，并在其5年的历程中，逐步把自己早期的愿景变成现实。这也是本书最为核心的看点。

如果读者是一家公司的创业者或管理者，你会从本书中看到一家公司的总目标和阶段性目标是怎样被实现的；

如果读者是一个金融保险行业的从业人员，你会了解阳光保险是因为什么方面的领先，从而一步步地成为国内保险业的佼佼者的；

如果读者是一个公司的员工，读完这本书后，相信你一定会明白，公司的管理层在每一个管理动作背后，有着什么样的战略意图。

很显然，所有的管理手段都服务于战略目标，这也是一家公司奠定其百年基业不变的方向。正是因为总目标的方向不变，才会使得阳光保险获得如此茁壮的成长。

因此这本书的书名，叫做《阳光基业》。

前 言 • 阳光的成长故事

"人生最痛苦的事情，你知道是什么吗？人死了，钱没花掉！"

"人这一生最最痛苦的事情，你知道是什么吗？就是人活着呢，钱没了！"

这两句话因为出自赵本山和小沈阳的小品《不差钱》而让大家耳熟能详。如果从专业的角度解释，第一句话就是人生需要规划，理财需要提前；第二句话则"一不小心"就点到了已经步入老龄化社会的中国最需要关注的养老问题。

如果把《不差钱》和本山大叔他们在2010年央视春晚上推出的小品《捐款》串联到一起，我们得出的结论就是人民迫切需要多方位的理财规划和保障。

如果要让小品《捐款》中那位大学生的单身母亲不再流泪，不再下跪，保险显然是最合适的方式之一。保险已经成为我们生活的重要组成部分，譬如周围的朋友中有的在保险领域工作，在日常的生活中也有保险从业人员向我们推销保险。然而遗憾的是，大多数人难以看透保险的本质，其中一个主要原因是对经营保险的企业以及保险业的历史了解甚少。这或许也是很多人不太喜欢"保险"这个词汇以及与它有关联的人和事的原因。

之所以出现这种现象，确实是因为中国现代保险业的历史实在是太短暂了，以至于它还像一个牙牙学语的孩童，虽然可爱，但是暂时表现出来的整体智商如同《捐款》中的白大爷所言："他这个人，就好比当年的三毛、哪吒、金刚葫芦娃。"经常犯一些常识性的错误。

同时保险行业的领衔疾进以及其独特的销售模式，又难免会有泥沙俱下的现象，这也是大多消费者暂时难以接受保险和保险业的原因之一。

但是，这些"暂时"并不重要，因为我们今天要告诉你的是一个充满梦想的公司如何在5年的时间里创造了传奇般的商业故事。它的"另类表现"正在改变着保险行业的一切。我们今天所讲述的这家企业，其许多革命性的理念不只是有助于我们了解保险业，而且对于我们的人生和事业都会有所裨益。

这家公司十分奇特。它的历史包含所有创业故事所必备的元素，其创始人也颇具传奇色彩。

这家公司的创始人张维功曾经是中国保监会广东监管局的党委书记、局长，同时也是中国保监会系统中最年轻的正厅级干部，但他却在不惑之年"下了海"；按照他的说法，这家公司的诞生是"先有的董事长后有的股东"，其股东包括中国石化、南方航空、中国铝业、中国外运、广东电力等超豪华阵容，但如此强大的股东阵容却没有一家股东单位派出高管参与管理；这家公司在短短3年时间里，就在100多家保险公司中，成长为国内7家保险集团公司之一；其旗下的产险、寿险公司在业务经营中均创造了新设公司的奇迹，业务规模在第4个年度就突破了百亿元大关。这家公司就是在中国保险市场中崭露头角并已引起国际保险巨头们关注的阳光保险集团股份有限公司。

"阳光保险用3年多的时间走完了其他公司10年的路程。"2008年3月4日，中国保监会主席吴定富到阳光保险调研后，给予了它高度评价。事实上，如果你有兴趣并乐意用几分钟的时间来了解一下中国保险业的发展历史，你就会发现，吴定富的这句话决非空穴来风。

1805年，英国东印度公司鸦片部经理达卫森在广州发起成立了谏当保安行，这是中国成立的第一家保险机构，中国保险业的历史从此开始，至今已有200多年的历史。按说几代人的时间，足以让中国保险业变得理智而成熟，遗憾的是另外一场灾难让它几乎是销声匿迹了。

1958年末，在"大跃进"运动的背景下，中国保险业失去了生存的土壤——在武汉召开的全国金融会议决定立刻停止国内保险业务。"文革"时期有一句颇为经典的评语表达了当时的主流观点，"保险公司嘛，就是内行说不清，外行听不懂。这样一个外行听不懂、内行说不清的资本主义玩意儿，要它做甚？！"

中国保险业由此进入了一段长达20年的空白时期。直到1978年，保险业枯木才逢春。这段空白期，不只是中国保险业思维意识的空白，还意味着中国消费者被迫从词典中删除了"保险"这个词。

尽管中国当代保险的故事从1979年重新开始书写，实际上在这之后的30年里，保险行业一直保持着平均25%以上的增长速度，整个行业的保费收入也从1980年的4.6亿元增长至2009年的11 137亿元，30年的时间里增长了将近3 000倍。然而，保险业"总体上说仍然处于发展的初级阶段"，个别公司的发展仍在徘徊之中。即使在今天，吴定富还在保险行业的2010年工作会议上指出："集约经营和内涵式增长能力不强，产品结构单一，非理性价格竞争突出，诚信经营理念不强等问题仍较为突出。粗放的发展方式，既是当前保险市场面临的突出问题，也是制约行业长远健康发展的关键因素。"

狄更斯在《双城记》的开篇写道："这是一个最好的时代，也是一个最坏的时代；这是一个智慧的时代，也是一个愚蠢的时代；这是一个光明的季节，也是一个黑暗的季节；我们的前途有着一切，我们的前途一无所有；我们在一直走向天堂，我们在一直迈向地狱。"用这句话来形容中国当前的保险行业，也许是再恰当不过的了：一方面是整个行业的美誉度饱受争议，一方面却是越来越大的市场需求；一方面是行业的快速增长，一方面却是行业经营的困难重重；一方面是诸多中小型保险公司的赢利乏力，一方面却是"热钱"不断涌入……

因此，2004年5月，当张维功辞去中国保监会广东监管局党委书记兼局长职位的时候，所有了解他和跟他一起共事过的人都深感吃惊。在随后的半年多时间里，当大家都在关注他的行踪时，他在行业内却杳无音信；而事实是，就在别人感到好奇甚至困惑时，他本人却正经历着自己职业生涯中最艰难的挑战。

谁能想到，当年的张维功褪掉了政府正厅级官员的光环，以一介布衣的身份，在半年多的时间里向389家不同类型的企业讲述保险业的美好前景、向忙碌中的企业家们"布道"投资之道时，他面临着怎样的内心挣扎和现实挑战？他又如何向多家国有特大型企业的高管成员讲述"保险财富效应"，并成功地说服他们？在公司筹建阶段，当同行都在忙于如何建队伍、找市场时，阳光保险的创业者们却用了几乎三个月的时间来讨论一本名为《阳光之道》的小册子，这本小册子到底告诉了他们什么？

时间正在慢慢说明这一切：阳光保险成立时，它不过是20余家同时成立的保险公司中的一家，况且它的筹备期比一般公司都要长。因此，甚至有人怀疑它可能是个"难产儿"，或许出生不久就会夭折，或者天生就营养不良。然而5年间，它不但把同行们远远地抛到了身后，成为10多年来业内唯一成立的一家集团化公司，并且为它的股东们带来了可观的投资回报。2010年4月20日晚，在中央电视台《情系玉树大爱无疆 抗震救灾大型募捐活动特别节目》中，阳光保险更是"一掷千金"向青海玉树地震灾区捐款1 000万元，充分体现了在灾难面前勇于担负社会责任的良好形象。

在短暂的5年间，阳光保险不断成长，在全国各地设立了1 200多家分支机构，它不但把业务拓展到了中国内地的几乎每一个县城，而且巧妙地实施了"走出去"的海外战略，伴随着中国企业走出国门，犹如中国海军护航编队，为中国的企业保驾护航。

在行业起步阶段，企业难免会周期性地陷入一种"发展怪圈"的噩梦中。具体到保险行业，就是随着竞争不断加剧，保险公司会采取降低保险费（也就是变相降价）的方式以维持或扩大自己的市场份额。最终，整个行业就可能会出现系统性风险乃至遭遇重挫。但张维功和他所带领的阳光保险对此早有准备和防范。寻找到蓝海市场并建立"红黄蓝赢利模式"，成为阳光保险快速赢利并健康发展的重要一环。

拉姆·查兰的《执行》一书中有一个不太引人关注的观点：执行无力不是认知问题而是情感问题，公司和经理人执行乏力的重要原因是缺乏执行的激情。没有执行的激情，再完善的流程也只能是一架没有加油的引擎，而对目标近乎偏执的坚持和对过程近乎苛刻的打磨，正是激情的显像与执行的注脚。没有近乎狂热的执行力，就不会有阳光保险今天的成长之道；没有对目标高调和做事低调的清醒认知与执著，就不会有张维功为阳光保险所系上的保险砝码。

阳光保险的成长速度为它的员工们提供了无限的成长机遇，在阳光保险，真正的赢家是那些敢于承担风险的人，不仅是对自己所承保的客户承担风险，在其他商业决策上也是如此。在不断将业务扩展到不同区域的过程中，张维功始终都在不停地面对风险。在这个问题上，他同样也是出类拔萃的冒险家。

别人的冒险总能引起自己的好奇，但或许让人感到迷惑的是，虽然张维功已经取得了巨大的成就，但他却很少受到媒体的广泛关注。之所以会出现这种情况，未必是因为他的刻意低调。比较重要的原因之一，可能是在过去5年中，张维功不知疲倦地苦心经营阳光保险而不刻意曝光，他被公认为保险业中最勤奋、最敬业的掌舵者；作为一位典型的强势者，即便是在阳光保险已经发展成为一家年收入高达百亿元的公司的时候，他还是会进行许多细节性的管理：在去基层调研的过程中，他有时不会让陪在他身边的分支机构总经理先发言，而是听业务人员讲上两个小时；他还会不遗余力地推动策略的执行，并要求他的下属们全力以赴去实现那些看起来不可能实现的目标，并因此诞生了业内知名的"阳光夜总会"。要知道，在保险业中，张维功绝对算是一个异类。

当然，故事并不仅仅如此简单。

阳光保险一直充满着巨大的诱惑力。这家公司总是十分高调又积极进取，这家公司的掌门人十分低调又非常强势，围绕这家公司短暂的历史产生了数不清的传说和故事，它巨大的诱惑力无人可挡。在百度中搜索，或者是打开阳光保险的网站，你会发现所有关于它的头条新闻总是在更新。但是，即使是业内资深人士，也未必能够很系统地描述其成长基因，因而很难捕捉到其快速成长以及在行业内迅速崛起的真实原因。

要想了解阳光保险的今天，就必须了解张维功和他所带领的这家公司的起源以及它5年来的发展历程。这是一段不同寻常的发展史，这一切都不像是一家保险公司的发展史，而更像是一部扣人心弦的电影。本书想要讲述的，就是阳光保险的另类创业和发展"背后的故事"。

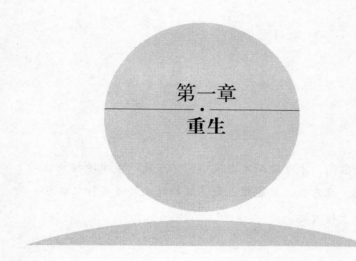

第一章 · 重生

立意高，才可能制定出战略，才可能一步步地按照你的立意去做。立意低，只能蒙着做，做到什么样子是什么样子，做公司等于撞大运。

——柳传志

阳光保险的股东在哪里？

在这家名为阳光保险集团股份有限公司①最初的历史里，有一个特别的镜头是值得记录的，那就是张维功进京。

这个镜头记录的时间是2004年5月19日，刚刚辞去中国保监会广东监管局党委书记、局长职务的张维功抵达北京机场。消息灵通的中央电视台记者对这位曾经在保险业中颇有作为的前官员发问，这次到北京来有什么动向？一向意气风发的张维功非常优雅而得体地回答："来北京筹办一家保险公司。"

此时的张维功还是一个不大不小的新闻人物，因为这位年轻官员"下海"，正是转型时期中国的一个缩影。张维功"下海"的时候，席卷中国大地的改革开放热潮已经走过了27个年头。在中国，商业正大踏步地前进，在新兴的市场中，越来越多的要素参与到创造中来。人们相信，张维功和他的团队将会推动中国保险业的前行。

然而，在这个出彩的镜头之后，张维功在8个月的时间里从人们的视野中悄然消失了。

其中一个有趣的细节是：张维功原先的社交圈中，很多保险业内人士和与他有关的人关心着他的行踪，同时也期盼着能与他联系。因为在人们的印象里，张维功进京创办公司是一件必然要发生的事情。一方面他是一个想干事、也能成事的人，另一方面，他进京创业的条件也已经全部具备。

而在电话另一端的张维功，虽然很清楚这些情况，但他却强迫自己不去接听这些电话，以免陷入自己原先的交际圈中。作为曾经的政府高官，他很清楚马克思关于"人是所有社会关系总和"的这一说法；

---

① 阳光保险集团股份有限公司，简称阳光保险；目前拥有阳光财产保险股份有限公司（简称阳光产险）和阳光人寿保险股份有限公司（简称阳光人险）等多家专业子公司。—编者注

可他却决心要从所有过去的关系里消失，至少要坚持到绝地重生的那一刻。

因为此时，张维功的人生，正在经历巨大的落差。他几乎是要从零开始自己的人生。

连那个采访张维功的记者都不知道，就在他询问张维功动向之后的几天内，张维功作出了一个关乎他和他的团队前途命运的决定。这个决定把张维功自己打入了命运的最低点，也让他的团队陷入了前途未卜的境地。而这种命运的改变，只是源于张维功的个人理想与现实环境存在着差距。

我们暂且把这个决定和张维功为什么要把自己逼入绝境的原因留作悬念。先来看看张维功和他的团队在作出这个决定前后的命运。

作出这个决定之前的张维功，是一位政府高级官员。转换身份"下海"后，股东已经给他安排好了汽车、办公场所、资本金，并提供强有力的后盾。

然而，作出这个决定后，张维功一下子变成了一个从零开始、几乎身无分文的普通创业者。他既然已从政府辞职，就不可能再回去从政；他虽然有机会可以去一些大型保险企业任职高管，但这并不是他的初衷，也不是他的目标和愿望。除了自己的前途外，最让张维功感到困扰的是，他还带领着一个团队。团队中的所有人都已经从原有岗位离职，作为领头人的张维功既然劝说他们放弃优厚的待遇和稳定的生活，和自己组队创立一家新公司，那么现在就面临一个困局：怎么跟他们交代？

可能更让他尴尬的是，在这个决定做出以前，他已经被京城的新闻媒体注意。而现在的他却像一个准备起跳的跳高运动员，在万众瞩目中已经完成了热身，走上跑道并且跑了几步准备起跳时，却忽然又退了回去，剩下的是观众睁大眼睛的惊讶和不解。日后刘翔在2008年北京奥运会上突然退出跑道，留给观众的感觉大致也如此。张维功将如何处理这种差之千里的落差？

后来张维功和他的团队把这个决定轻描淡写地称做"调整股东"，也就是说张维功要放弃原来的所有股东，重新开始寻找新的投资者。我们知道，对于一家尚未出生就遭遇"基因突变"的公司来说，尤其是对于一家想从事保险事业的公司来说，失去了资本的支持重新再站起来，几乎比登天还难。

从高级官员到普通创业者之间的落差，可以说渗透到张维功当时生活的每一个角落了。创业团队首先从当时住的五星级酒店里搬了出来，先是搬到了档次更低一点的陶然花园酒店，最后又搬到了山东省潍坊市市政府在北京的落脚点——潍坊市市政府驻京办事处，在那里租房办公兼住宿。迫在眉睫的事情是，如果张维功及其团队还想筹建一家保险公司的话，那么，他们必须尽快找到新的股东。把这个空白填上，这是他们重新站起来的唯一机会。

资本金在哪里？这是最为考验人智力的问题。在这场被人们称为"智本"和"资本"的博弈过程中，只要完成了资本金的寻找，张维功就算赢了，而如果完不成，他们就将是地道的失业者。

张维功清楚地知道这一点。在这个过程中，他非常羡慕每个早晨在他面前匆匆而过的上班人群。"因为他们都有工作，每天都有事情去做，自己对工作从来就有巨大的热情，可现在唯一的工作就是找愿意投资阳光保险的人。"

但是阳光保险的股东在哪里呢？

瞄准央企

在这场智力与资本的博弈中，张维功赢的机会很小。因为创办保险公司所需要的资本，实在不是一个小数字：根据监管规定，保险公司最低注册资本为2亿元人民币，而要打造一家全国性保险公司，则必须达到5亿元以上。

在寻找股东的过程中，张维功后来描述过这样一个场景：有一个民营企业家与张维功见面谈投资之后，对方准备出5 000万元资本金给张维功让他运作。但是张维功没有答应，因为对于一家高起点、全业务领域的保险公司来说，5 000万元的资本金是远远不够的。

如此巨额的资本金，有多少企业可以只凭着一个团队和几份可行性投资报告而拿出来呢？而拿得出这般巨额资本金的企业，又为什么不自己来经营这家公司而要交给一个外部团队去打理呢？

在四五个月的时间中，张维功及其团队的工作就是把这两个问号拉直。他必须在这两个问号间，找到属于自己的出路。

保险业是一个新开放的行业，而张维功在保险领域里已经从业20多年，他知道这个行业的机会在哪里，他知道如何把握住这些机会，他知道要找什么样的人来把握这些机会、这些人在哪里、怎么找到这些人。但是，他只是想做一件大事，一件与他自己相称的大事。

这件大事对他来讲，就是他心中的一个梦想。没有人能够很清楚地知道这个梦想是什么，但后来我们看到，他当时起草的可行性报告中提出的目标是要建设一家国际一流的金融保险集团，第一步是成立一家保险公司。

但是现在，他必须在尽可能短的时间里，把保险公司运营所需的资本聚集起来。

这是一个标准的现代企业成立的过程。有成熟的团队、有成型的业务模式，剩下的问题就是，怎么找到成立公司最核心的要素——资本？

如果有一个成熟的金融市场，张维功可能不会缺资本。现代经济制度中，资本市场就是要把资本投给优秀创业者。像张维功这样的人，应该是能拿到资本的。

但中国的资本市场还不成熟，尤其是没有成熟到像张维功这样的人可以直接通过资本市场进行融资的程度。因此，张维功必须要靠自己的努力才能筹到足够的资本金。

对于这个民间创业者团队来说，筹资是他们要跨过的第一个，也是最难的一个门槛。

在不使用原来那个电话号码的同时，张维功来到北京后使用了另一部手机，当时的通话费竟达到了每月3 000多元的水平：他要通过一个新的交际圈，把资本找出来。

这几乎是一个漫无边际的寻找过程，好在团队的力量大过个人的力量。由9个人所组成的团队，找出了无数的人际关系、筛选出了一系列的企业之后，他们开始了与时间赛跑的过程。

从南下广东到北上东北，张维功和他的团队开始奔波于全国各地，与数百家可能投资的企业进行接触。

但从接触到最后投资，过程是漫长的。"我们当时常常需要从企业中层或者底层开始接触，经过好几层才能见到企业负责人。"而且，他们要同时接触数百家企业，这就带来巨大的工作量。

此时，这个团队的开销要张维功自己来承担了。他把自己的存折拿了出来，这两个存折是他多年的所有积蓄，总共是34万元人民币。在这些钱花完之后，张维功还借了数十万元的债务。

在寻找资本的过程中，他们的经历可谓一波三折。

一开始，他们自然想到的是寻找民营资本来做投资人，因为作为改革开放的最大受益者，民营企业最有活力，最能接受新思想。也确实有一些民营企业表示出浓厚投资兴趣。但在这个过程中，张维功没有拉直第二个问号：有些企业听完张维功的讲述后，心里想的是，开办保险公司为什么不可以由自己来做？后来张维功风趣地把自己寻找投资的过程叫做"布道的过程"，因为在他"布道"之后，确实有很多企业和个人开始投资保险公司。当然，也有一些投资者表达了对阳光保险的浓厚兴趣，但是这些企业均希望能够通过某种方式对阳光保险进行绝对控股，这不但与保险行业的监管规定存在冲突，而且与张维功设想中的公司治理结构存在巨大的差距，因此，他只好婉拒了。

那么，阳光保险究竟需要什么样的投资者呢？

阳光保险对投资者的要求一是投资企业品质要好，要有实力，有市场信誉；二是要具有投资金融保险领域的战略眼光；三是投资企业的领导者要易于沟通；四是阳光保险成立后，投资方要下"指导棋"，而不是"指挥棋"，要让公司按照市场规律运营。

如此标准，近乎苛刻。俗话说，皇帝的女儿不愁嫁。可是他们的"女儿"还只是一个虚构的梦幻。

星巴克公司创始人、董事长霍华德·舒尔茨说："创业初期寻找资金很难，但是我每一天都不断地梦想。我想如果你每天都怀着梦想的话，你的梦想就会变得越来越大。"

在见了上百家民营企业老板之后，张维功开始把目标转向地方国有企业。这次他没有拉直第一个问号，它们为什么要信任这个陌生人团队？

地方国有企业是整个中国经济中一支地位很尴尬的队伍。它们没有民营企业的灵活，也没有央企的优势。张维功没有看错，这是一支很想突破围城的力量。不过张维功来得"晚"了一些。2000年之前，地方国有企业在对外投资方面吃亏太多了。很多地方国企都垮在了对外乱投资上；虽然它们很想寻找出路，也很希望有足够精明专业的团队来做事，但对于保险业这个陌生的金融领域，它们变得谨慎而迟疑，它们还有一个需要了解的过程。

在这个过程中，张维功在半年多的时间之内一共见了389家各种企业，平均一天两家。

命运好像成心在考验他们。相对于他们想要做成的保险业的大公司乃至金融保险集团来说，这种考验是值得的。没有这种考验，他们在未来经营企业时的成本控制意识不会那么强烈和自觉；没有这种考验，他们不会珍惜好不容易得来的机会；没有这种考验，这个团队里的人不足以形成一个有凝聚力的队伍，形成一种对未来公司精神的引领，从而对未来企业的快速成长起到保障作用。

每一个成就伟大事业的人，都要经历一次特别漫长的艰辛旅程。

慢慢地，他们的目标聚集了——中国经济中一道特别的风景线，央企。

在困难的日子里

很难想象，在潍坊市政府驻京办事处的那些日子里，张维功和他的创业伙伴们竟然忙得有时连饭都顾不上吃。他们要把有限的时间和资金尽量都投入到工作联络上。

在半年多时间里，这个团队要在全国各地接触数百家企业，而且每家企业都要反复沟通，他们不仅要奔波于全国各地，而且还有大量的日常开销费用。团队成员对这段时间记忆最深刻的是发传真，在陶然花园酒店时，通过酒店商务中心发传真，收费是每页两块钱，张维功及其团队制作的招股说明书厚达几十页，给一家企业发一份说明书就得花费上百元。为了节省费用，同时为了避免因向张维功申请费用给他带来新的压力，他的团队成员悄悄买了一台传真机。

寻找股东的过程历时8个多月，其间，张维功和他的伙伴们尝遍了创业的艰苦，张维功对于创业更是感触颇深。创业团队里的成员，此前有的是政府机构的公务员、有的是企业骨干，现在，他们是白手起家的创业者；尤其是张维功，十几年前就有了自己的专车，而且一直没有间断过，现在，没有了公车、也没有私家车，坐出租车已经是为求效率的"奢侈"之举。张维功印象最深的就是拜访企业时，他常常让出租车距离企业大门老远就停下来自己下车步行，因为他不希望让别人看到自己是乘出租车来谈合作的，从而对自己的实力产生不必要的怀疑。张维功此时的生活和他以往的局长生涯相比，不可同日而语。"到什么山，唱什么歌。"张维功把低矮的茶几当做办公桌兼餐桌，就在上面起草文件和就餐，他说："别把自己太当回事儿。"

他如此处理这种差之千里的落差，坦然的心态成为其他伙伴的"下海模范生"。

事情远比他们想象的困难得多。

5年后，张维功回忆起来还说，自己在决定调整股东的过程中想到了很多困难，但是真正做的时候，困难却远远超乎想象，"在初始无望的几个月，我理解了有的人为什么会自杀，因为当他背不起一份责任时，很多人会有这种想法"。

张维功当然不会选择自杀，因为他心中的梦想正变得越来越清晰。

这个有着20多年行业经验的资深保险人深知国内现有保险公司的市场表现与保险业应有的作为这两者之间的距离。他认为，正是由于整个社会保障的不足，才使中国人生活得没有尊严。比如说，中国人的养老问题，有的老年人即使花钱养老，但仍得不到尊重。中国老年人应该生活在一个互相照顾和抚养的社会，承担着社会功能的保险公司应该参与其中，成为社会的组织者，通过有效的组织，保险公司可以做到商业上的赢利和老人的尊严并存。在他看来，良性运作的商业保险机构因为经营风险而谨慎运作，因为高尚而得到所需要的资源和支持，因为精巧的设计而获得商业上的赢利。因此一个具备品质和实力的保险公司不但可以长久运作，而且可以志存高远，成为推动社会文明进步的一股重要力量。

这种种的奇思妙想，决定着他们想要在2004年保险业竞争初开时进入这个产业，张维功自思要做到第一，因为他已经习惯做到第一了。

团队的成员虽然还不知道这家连资本金都还没有的公司未来会怎么样，但是他们清楚，他们必须往某一个方向去，他们信任张维功，相信他走的方向是正确的，而且他们在未来会走向光明。所以当张维功告诉他们调整股东的决定和可能面临的困难后，整个团队没有一个人离开；在漫长的寻找股东、完全失去了财务支持、对公司未来也完全无法预知的困难时期，没有一个人放弃。

这就是现在名为"阳光保险"的商业组织最初开始成形的内因。

当然，他们处在一个正在明朗化的环境之中。2004年、2005年的中国，商业化已经渐渐成为一个不可逆转的趋势。这个古老而又年轻的国度开始变得自由起来，尽管更多人是世俗和现实的，是精于计算的，但是对于梦想、商业构思、风险投资这样的字眼，人们还是开始宽容起来了。有越来越多的案例说明，疯狂的创业者们常常可以创造奇迹。人们开始钦佩创业者的努力，感动他们的创造，进而支持某些看起来可行的计划。

最为传统的实业——央企成为阳光保险的商业梦想最终的支持者。

大厦成形

作为国家队的央企，在中国经济运行中，是一股最为特别的力量。作为中央政府直接管辖的公司，央企位居中国经济的最上游，集中着这个国家最丰富的自然资源、财务资源和优秀的人才资源，构成国家经济运作的脊梁。

如果说在西方经济学中，政府与市场的关系是一个守夜人关系的话，那么国内的央企就是为中国转型时期从无到有的市场化主体提供基础建设的经济守夜人。在弱小的私人资本没有发展起来，大规模集资手段没有形成的时候，这一支被人们称为央企的队伍，提供着经济基础的服务。它们有时运用政府力量，为经济提供巨额的投资，包括建桥修路，挖矿采煤，发电运输等重大项目，在很多市场经济力量没有到达的领域，都活跃着央企的影子。因为有着政府功能的一部分，所以央企的高管们甚至还保留着政府官员的级别。

当初生的阳光保险团队把筹资的希望转向央企的时候，机会来了。

这些特大型企业在市场化的过程中需要规避风险，他们也了解风险，并且正在努力寻找解决的方法，这时候张维功适时地出现了，而他的经历，尤其是社会责任感，让他与这些央企巨头很容易找到思想的交集。事实上张维功应该把眼光转向央企，因为这是他更为熟悉的地方。曾经作为一个颇有作为且仕途光明的官员，政府和政府有关的经济圈里有他的影子。人们知道他，也信任他。从商业上说，这种信任成本，降低了交易中的摩擦。

当然，这只是理论上的说法。现实中，从想法形成到获得他们的投资，中间还有很长的路要走。

央企的决策层很难见到。首先是因为他们很忙，日程的安排很紧，所以大量的信息要被过滤，因此张维功团队必须经过一道道的"关口"才能把自己的想法传递给央企老总。当然也正是因为这样，张维功才必须准备得更充分。乘坐出租车到潜在投资者办公场所很远的地方就下车是对的，因为在谨慎而正确地选择投资之时，意外会非常之多。曾经有一家香港公司准备以1 000万收购一家国内网站，在双方谈判的过程中，港方偶然从物业管理处得知那家网站已经两个月没交水电费了，收购的价格立即从1 000万下降到了100万。

其次，决策是漫长的。不同的央企其内部有不同的决策机制，因此有着不同的反应速度并且存在着很大的不确定性。

创业者为自己的梦想而努力的时候，有时连他们自己都不知道路该怎么走。他们有的信念只是，目标是对的，因此总会得到支持。而找到了正确的方法和路径之后，支持随之而来，只需要打开一个缺口，水流就会源源不断。

阳光保险创业的第一个缺口，是从央企中国石油化工集团公司（简称中国石化）打开的。为了这一机会，张维功从2004年6月15日开始准备，直到10月24日才见到中石化的决策者。从初夏到中秋，历时4个多月，季节都已变换。此时，张维功他们已经向389家有规模的企业讲述了投资保险企业的方案。然而，这样的历史性机遇并非所有的目光都能看得到。

目光看到的是近景，眼光所及的才是远方。

因为前期已经和中石化的各管理层有了十分详尽的交流，因此中国石化的最高决策层只与张维功交谈了40分钟就决定投资阳光保险。紧接着，中国南方航空集团公司（简称南方航空）、中国外运集团有限公司（简称中国外运）的总经理也在分别与张维功谈了一段时间后作出了最终决策。

此时与中国铝业公司（简称中国铝业）也已接触4个多月，当时的总经理肖亚庆是一个做事干练而又十分谨慎的人，仅决策投资阳光保险一事就上了3次班子会作专题讨论。因为长期从事实业，所以这家公司对于细节的关注度空前之高。他们专门聘请了国际化的投资顾问，提出了数百个问题。据张维功的同事回忆，在与中国铝业的接触过程中，从财务开始一直到总裁助理、副总裁及子公司、集团的各位领导，张维功先后拜访过30多次，这个过程提供的投资说明书及相关材料达10多万字。而在张维功回答了大量从各种角度、各种细节提出的问题之后，中国铝业也决定投资这家公司。几年以后，作为中国铝业派出董事的某高管谈及这次投资过程时表示，当时他们决定投资阳光保险，最重要的就是投资张维功，因为相信他能做成事。

道路开始明朗起来。

以张维功为核心的原始创业团队之所以在股东的选择上反反复复，除了因为张维功和这个团队成员的身上有相当多的理想色彩之外，还因为他们从业多年，是高度现实的执行者，对这家保险公司在开放之后的竞争局面有着充分的认识。在开放后的市场竞争中，作为一个个体，阳光保险的前面有数家具有很长历史的大型保险公司，后面也有着越来越多的新进入者。阳光保险要实现自己的愿景必须既要灵活又要有力量，既要有理想又要非常现实。而在漫长的竞争过程中，公司治理结构是赢得竞争的关键因素之一：既要求股东的战略眼光，以保证重大决策的方向，也要求信任高度专业的职业团队，以保证内行人做内行事。

也正是因为这样，张维功对于提出无数问题的股东，比如说中国铝业，始终抱有开放而欢迎的态度。

有了股东们的信任，张维功和他的团队，从深渊里走了出来。

起伏里的张维功

如果以世俗的眼光看，在这8个月又两天的日子里，阳光保险未来的董事长张维功经历了两个大的跌落。

至今，中国传统观念对成功的衡量标准，首先是做官。官，或者当下意义上的公务员，因为稳定而又有政治以及附带的经济权力，成为社会成员最认可的价值标准。从这个意义上说，张维功"下海"，本身就是放弃了一种成功。

其次，张维功"下海"之后，本来可以成为大公司里的高级经理人，从世俗意义上，也是一种成功。他们手握重金，对拥有大量员工的公司命运有着核心决定权。因此，张维功放弃现成的大公司高级经理人不干，决定调整股东，在人们看来更是一件不可思议的事情。

　　但张维功认为自己从来都是个创业者。对从高级公务员"下海"到决定从零开始，这个身材高大、目光严厉，但心地却有些柔软的山东人一贯认为自己其实只是在做同一件事情。对于做官，他说自己可以做一些为公众服务的事情，在这个意义上，位置越高，确实给他带来更为广阔的服务公众的空间；但是就追求仕途而言，张维功自己却并没有什么打算。同样，对于阳光保险股东的调整，理由也是非常简单，只是因为由于股东的想法与自己的愿望，有着很大的差距。作为创业者的张维功想做一家志在长远而且是高尚的、受人尊敬的公司，而不只是一家简单的营利性公司。

　　所谓志在长远的公司，是指除了追求利润外，还要能够为客户创造价值、为社会作出积极的贡献、为员工提供成就自我的舞台。企业因利润而存在，但公司作为一个组织，在很多情况下又不仅仅因为赢利而持续。正是这种对于理念的坚持，使得张维功主动选择这两次世俗意义上的人生跌落。也正是这份坚持，使得他和这个团队能够重新走出来。

　　因为有了这份坚持，在与原来的生活完全远离的8个月中，张维功尽管内心起伏，但却一直保持着表面上的淡然。9个团队成员，看到的是张维功在事情发生之后平静的应对和快速反应，在重新寻找股东的过程中，对于所有出现的问题，他从来都是积极地应对，没有任何异样。尽管他从来是镇定自若，但在夜深人静时，张维功会独自来到陶然花园酒店旁的陶然亭公园散步。

　　在深夜的清凉和静谧中，张维功仰望北京上空遥远的星辰，或许在问自己：谁肯掏出数亿资金去投资一个已经是布衣白丁的人讲述的故事，而且听起来还是一个十分遥远的故事。

　　张维功的第一份工作是一名基层的保险业务员，保险是世界上公认的最难销售的产品之一。但是对于一个从保险销售工作开始做起并一直做到保险监督官的人，还有什么能阻挡他前进的步伐呢？

事实上张维功的内心在煎熬着，"在作出调整股东的决定之前，我三天三夜没有睡觉，抽掉了一条烟。在股东调整的过程中，如果团队散去，我的内心可能也好受一点，因为责任轻了。我也曾经想过是不是让他们都回原来的单位。但是他们都没有散去，所以愈发坚定了我们只能向前走的信念。"

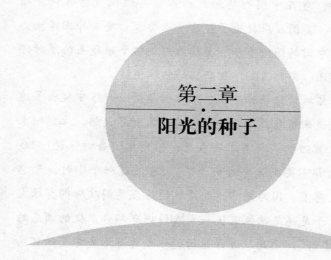

第二章
阳光的种子

2001 年，就在中国即将加入世界贸易组织（简称世贸组织）的前夕，美国政府提出了最后一点要求，要求外国保险公司可以进入中国的保险市场，美国政府把这个难题丢给了时任美国国际集团（简称 AIG）董事长的格林伯格。

当时，格林伯格在给中国总理朱镕基的一封信中提出了这一要求。据说朱镕基总理在读完这封信后勃然大怒，立刻叫来中国加入世贸组织谈判首席代表龙永图先生，告诉他说："我永远、永远都不要见这个老头子了。"可没过一个小时，朱总理就改变主意了。因为他意识到格林伯格在美国政府拥有很大的影响力。于是还是派他前往一家 AIG 拥有部分产权的酒店的"格林伯格套房"，由此双方开始讨论一个具有历史意义的贸易协定中的最后条款，其中最主要的就是给予格林伯格他想要的东西：在中国拥有一家 AIG 的全资子公司。

格林伯格的部下曾问他为什么要在中国投入那么多时间，难道是因为 AIG 的历史以及他们与中国的关系，还是什么别的原因呢？而格林伯格的回答则带有一点为自己辩解的味道："并没有对中国投入太多时间，只是觉得一个拥有超过 10 亿人口的国家一定是一个非常重要的市场。"

张维功下海

张维功是 2004 年 5 月 10 日正式提出辞去中国保监会广东监管局党委书记、局长职务的申请。他的背后，是国内保险业当时的滚滚热浪。

从 2002 年开始，几家民营股东正是因为看到了国内保险业需求大规模出现的局面，预期到中资保险公司审批即将放开，提前开始筹备成立保险公司。果然，2003 年政府换届，履新的中国保监会以专题汇报的形式，取得了决策层对中资保险公司在严格条件前提下放开的认可。

对于高度专业的保险业而言，在保险业已经有多年从业经历的张维功是股东们最理想的经理人人选。也正是因为这样，股东方面给出了很高的礼遇。这种商业眼光没有错，因为政府放开中资保险势在必行，市场的需求已经箭在弦上。

进入 21 世纪，市场经济已经在中国大行其道，企业已经完全成为市场经济的主体，因此对于金融的需求也随之而来，而保险是其中的共性需求。计划经济中的工商业企业是政府组织中的一个零件，只要完成上级制定的计划即可，因此几乎没有外部需求。但是当中国经济进入市场经济的海洋中时，个体的企业就成了汪洋中的单体船只，它们要应付各种风险，但它们的社会功能又要求专业化，因此把风险外置就是企业在市场中平稳运作并取得专业利润的要务。到 2003 年，随着国内单体企业数量的激增，这种保险需求已经到了非常大的程度。同时，随着市场经济中的企业数量增加，更多的中国人从单位人的角色转化为社会人，这种角色的转换同样带来大量的风险以及把风险转移的需求，这也是保险市场成熟的一个重要支撑。正是因为这样，改革开放后，保险公司从中国人民保险公司（简称人保）一家，发展到诸强争霸的状态。放开中资保险的审批，已经是政府的必然之选。

然而，张维功成为股东们的不二人选，不仅因为市场对保险业的需求，还因为他经历中光彩夺目的一面。

　　张维功出生于山东潍坊，从学校毕业后就一直在保险业工作。1995年，开始担任人保潍坊分公司党委书记、总经理的张维功在一司独大的保险企业中首创财务中心和业务中心分开的经营模式，这些创新后来在人保全系统推广，并成为人保沿用至今的三中心管理模式的雏形；2000年，已被人保擢升为山东分公司副总经理的张维功被中国保监会选派为南京特派办（中国保监会江苏监管局前身）筹备组长，后任党组书记、主任，其间他以保险信用建设为突破口，多项措施并举推动江苏保险业迅速发展，到2002年江苏已由2000年的全国第三名一举超越上海、广东而跃居全国第一；2003年，他调任中国保监会广东监管局党委书记、局长，在其任内，又着力打击广东当时十分猖獗的"地下保单"现象，保证了广东省保险业的良性发展。

　　这样一个从事过保险实务、又有监管经验的在任官员，对于公司治理的经验自然不在话下。但更为重要的是，在渐进式改革为主体的中国，他有着一般企业家缺乏的对于政府推进体制改革独特的理解力和灵敏嗅觉，这正是作为资方的股东们急需的人才所必备的素质。

　　更为难得的是，无论是作为公司管理者的张维功还是作为监管者的张维功，都是有着推动大动作改革实绩的人。

　　张维功的保险职业生涯起步阶段，是一名极其普通的保险业务员。为了说服那些具有决策权的保险购买者，不论雨雪风霜，他经常骑一辆永久牌自行车拜访客户，而且天气越是恶劣，他的动力就越大。许多同事曾以为他这样的做法有些"傻气"，效果不见得多么好，但是客户的反映却并非如此。在20世纪80年代，一家钢铁厂的厂长曾在大会上号召全厂的供销员向他学习："如果我们都能向小张同志这样做事情，我们就没有推销不出去的产品。"由此，"小张"一个人的业务曾一度占到公司总业绩的一半。

　　骄人的业绩让张维功有机会晋升为管理者。他的管理生涯是从营业部副股长、股长开始的，然后是市级分公司的副科长、科长、副总经理、总经理，乃至省级公司副总经理、保监会监管局的领导。张维功成长中需要经历的台阶一个都没有落下，而且业绩出色。

一个典型的案例可以看到张维功出色的管理能力和策略能力。在担任人保潍坊分公司总经理期间，他节约了两年的经费加上上级公司的支持，建成了据说是该系统内迄今为止最为漂亮的办公庭院。他曾最早实施大树移栽，并把院内大树、花木的命名权拍卖给了员工，如今，这些树木已然成荫。早在1997年，他就在员工中推行了"有话直说"、"模拟下岗"、"准总经理"等当时看来十分新鲜而又激动人心的创新改革举措以及文化治司等活动。

"在山东人保任副总经理分管人事工作期间，他主持了当时省公司机关十几年来最大的一次人事改革。由于人保属于国有企业，在人事改革上十几年没有大的动作，积累的问题特别多，难事、烦事特别多，几乎没人敢碰。他带领我们一起历时3个多月，打了一个漂亮的改革战役。为了摸透情况，他利用晚上的时间与省公司机关近200名员工逐一进行谈话：夜里12点之前谈50岁以上的人；零点以后谈50岁以下的人，每个人不少于2个小时。就这样连续谈了两个多月，他都是每天凌晨三四点钟休息。由于情况吃得透，改革意义讲得到位，一大批老处长自愿退居二线，一批年轻干部走上领导岗位……"当时参与人事改革的李科回忆说。

不难想象，在这种改革过程中，张维功会打造出一支坚强的团队。在这个被西方人称为"搬动一张凳子都要付出代价"的国家，张维功却在每一个地方都有改革实绩出现。所以我们也更能理解，为什么在阳光保险那个零点、最艰难的日子里，张维功所组建的团队也没有散去。

追求理想的人注定要为理想"埋单"。理想主义者能成事，但理想主义者的弱点是往往原则性太强。因为这一点，张维功和他的团队，注定要承受更大的磨难。

张维功于2004年的"下海",在他眼里有的是机会来施展心中的抱负。在中国尚属新生事物的保险业,其实在加入世贸组织谈判的时候就给中国人展露过它在成熟市场经济中庞大的身躯。

中国加入世贸组织谈判代表龙永图在离职后曾经这样描述国外保险业的地位:在中美关于中国加入世贸组织的双边谈判中,美国代表团居然把AIG可以在中国几个城市享受独资的寿险公司地位,作为一个条件来与中方谈判。最后,在朱镕基总理的直接干预下,格林伯格通过美国谈判代表得到了他想要的东西:在中国拥有一家AIG全资子公司。

正是通过这次谈判,龙永图表述说,他知道了保险对于整个美国经济界,有着举足轻重的地位。这个产业是美国最大的机构投资者,涉及美国乃至西方世界国家的千家万户,是整个社会保障体系的重要组成部分。龙永图表示:"中国加入世贸组织谈判最艰难的部分是保险,而且中国加入世贸组织谈判最后的一个堡垒也是在保险的领域里面完成的。"

美方对中国保险市场的看好,通过格林伯格与同僚之间的谈话可窥见一斑。当格林伯格被问及为什么要在这个问题上投入如此之多的时间时,格林伯格回答说:"并没有投入太长的时间,只是觉得一个拥有超过10亿人口的国家一定是一个非常重要的市场。"

2001年11月10日,世贸组织通过了中国加入世贸组织的法律文件。

11月22日,中国保监会公布了"加入世贸组织中国保险对外承诺"。这使得保险业成为中国加入世贸组织后,国内第一个公布加入世贸组织承诺的行业。

同日,中国政府批准了8家外资保险公司在中国的经营许可,而这8家机构随之进入中国。很明显,它们看好市场经济在中国的未来,同样也看好中国保险业的未来。3年之后的2004年，整个国内保险市场向国外全面开放。

反观国内的保险业，相形之下真可谓是一个幼稚产业。在加入世贸组织谈判的2001年，整个国内保险业的总资产约为4 000亿元人民币，只相当于西方一家中型保险公司的资产；加入世贸组织之时，中国保险业的业务重启不过20年时间，相对于西方保险业300年时间累积的经验，实在是微不足道的事情。在本书的后面一些章节，我们还可以看到国内保险业早期的发展，产业的无序状态使得整个保险业形象受损。

这种对比，在悲观者眼里是不平等的竞争局面，但在乐观者眼里则到处都是机会。在张维功看来，这是学习的时机。

加入世贸组织谈判之时，张维功已经从经营者转向了监管者，从之前他的履历中我们可以看到，此时他正在中国保监会江苏监管局党委书记、局长的职位上。出于对保险业强烈的职业兴趣以及产业人的本能，在2001年，张维功就带领南京特派办的骨干人员及各主要保险公司的主要负责人，到入驻上海的外资友邦、美亚两家保险公司进行调研，并形成了相应的调研报告。友邦、美亚都是AIG旗下子公司，国内保险业对它们知之甚少。事实上，它们在全球的经营管理经验非常值得研究。当时参加调研的人回忆的另外一个细节是，在与友邦、美亚、平安等保险公司交流结束后，他们还与时任中国太平洋保险集团董事长的王国良长谈至深夜。由此看来，对于一个做了十几年国有企业、保险监督官员的张维功而言，对保险行业特别是外资保险公司、股份制保险公司的了解和掌握不仅仅是监管能力的有益积累，很可能也为创建阳光保险间接地做了必要的准备。

作为监管者的张维功，对于国内保险业在21世纪的整个动向洞若观火。

在整个中国国内，保险作为一个产业在计划经济时期被取消。改革开放后，因为市场经济的内生要求，政府于1996年发放了5张保险企业牌照，此后陆续允许生命人寿等4家公司筹建，之后便再无一家保险公司得到审批。

其中主要原因在于，20世纪90年代初期的经济过热，也冲晕了保险公司的头脑。由于监管落后，无人管教、无法可循的保险公司，盲目投资房地产、有价证券、信托，甚至委托贷款。当年海南房地产的泡沫中，亦有保险资金的部分"功劳"。宏观调控急刹车之后，最终导致较大数量的不良资产。惨痛的教训，让管理者变得异常谨慎。

而另外一个版本的说法则是，之所以迟迟没有发放牌照，是为了让1996年前后成立的几家公司迅速长大，增强它们的竞争力。

加入世贸组织谈判，是开放推动了改革。国外保险业庞大的现状和它们在整个社会中的地位，使得监管层对加强国内保险业发展有了更高的认识。因此加入世贸组织后，进一步的开放加速了国内自身的改革。张维功认为中资保险公司的机会来了，当然，他本人以更为有效率的方式服务社会的机会也来了。

对市场更进一步深入的认识，来自于作为监管者的张维功与业内的广泛交流。几年来，在与国内外业界人士接触时，张维功发现了一个很有趣的现象：跨国保险巨头都普遍看好中国的保险市场，认为这是一个巨大的很有发展潜力的市场。然而，国内许多业界人士则大都感觉到："业务太不好做了。"

中国保险市场的保费平均一年的增长率高达30%左右，不但保险密度大大低于发达的国家以及世界平均水平，甚至还低于许多发展中国家的市场，因此"业务不好做"的结论是无论如何也不应当得出的。因此，这种结论的背后也许是因为国内公司制定的"计划目标太高"从而导致"期望越高、失望越大"结果；也许是属于"围城现象"——"老外"只看到了"增长率"，于是就"武断"地推测出中国市场的"蛋糕无比大"的结论，而里面的人只看到了"市场的残酷竞争"，于是就达成了"蛋糕不够分"的共识。

事实上，决定保险业的发展有很多变量。如果把经济发展、人均收入水平、文化习俗等定义为影响其发展的内生变量，那么在一个时期内，内生变量是大体恒定的，而制度、政策等则为外生变量。在内生变量基本没有改变的情况下，外生变量对产业的发展就显得格外重要。1958年，因为政治原因，中国停办了保险业，导致商业保险中断达20年之久，这段历史就可以折射出制度、政策等外生变量对产业发展影响的重要性。

从制度、政策等这些外生变量的角度来看，张维功认为中国的保险业自1978年中国改革开放以来带来了四次比较大的发展机遇。

第一次发展机遇发生在1979年，当时在经济体制改革的大背景下，当时中国人民银行、财政部、中国农业银行等部门联合下发了《关于恢复办理企业财产保险的联合通知》，这一通知可以看做是保险业的"解禁令"，从此中国保险业挣脱了体制的束缚，开始了第一个春天。

1992年，邓小平南方讲话后，东方风来满眼春。中国保险业也迎来了第二次发展的机遇，开始了对外开放，并且被放在了整个金融业对外开放的排头兵的地位，由此保险业充分利用"开放倒逼改革"所带来的机遇，得到了快速的发展。

第三次机遇是1998年，此前保险监管部门属中国人民银行管理，这一年，国务院批准成立中国保险监督管理委员会。虽然此时的保监会还属于副部级单位，但是这一监管制度和政策的改变体现了国务院对保险业的高度重视，由此进一步明确了保险业作为三大金融机构之一的独立地位。

第四次机遇是2001年中国加入世贸组织。

中国政府加入世贸组织后十多天里，保监会就立即批准了诸多外资保险企业入华。监管部门通过竞争主体的增加和公平竞争的市场规则的引入，使得参与"游戏"的各个主体都必须按照国际通行的游戏规则来行事，由此为建立一个有序竞争的市场环境，最大限度地消除各种垄断、保护、不公平因素，增强企业的竞争意识和竞争能力，为提高市场效率提供了前提条件。

2004年年初中国保监会启动了批设新公司的程序之时，当时申报的产险、寿险公司总计50多家。

在急速的河流岸边制定游戏规则固然重要，而且也有强烈的成就感，但是跳到河里游泳、参加比赛拿冠军更加刺激。

一方是缺乏"智本"，一方是需求资本，正所谓"可遇而不可求"。当张维功和投资者相遇时，接下来发生的事情似乎顺理成章。

张维功决定"下海"。

"中国保监会系统最年轻的局长辞官从商了！"2004年5月，这个消息在中国保险业引起了不小的震动。虽说从1992年邓小平"南方谈话"以后，官员下海经商已经成为平常事了，但是，在保险监管系统的正局级干部中辞职下海，张维功还是第一个吃螃蟹的。

在理想与现实之间

张维功和阳光保险的原始团队之所以会陷入困境，是因为他们身上的那种理想主义色彩太过耀眼。

作为职业经理人的不二人选，张维功和他的团队对于公司股东早期的作用特别大。

因为张维功的经历，他一直处于监管层的视野之中，是一个有为的干部，深得信任。而这种信任，对于任何一家保险公司获得政府牌照，都是极其重要的。可以看到的是，保险作为金融的一部分没有开放，正是因为早期保险公司在投资上的不理性，这对金融产业来说是致命的。因此在开放之初获得牌照方面，这个团队有着得天独厚的优势。

而同时，保险业是一个与社会接触面极广的行业。正如龙永图所言，保险业是成熟市场经济中最主要的机构投资者，而且涉及到精算、营销、品牌、运营等多个领域。我们可以看到，张维功团队中的成员，都是在这些领域拥有多年经验的人才。因此未来在保险公司获得牌照之后，可以迅速展开运营。在中资保险机构开放之后企业迅速获得相对优势，张维功和其团队起到了极其重要的作用。

正是因此，投资者和作为经理人的张维功团队对于未来，都是信心满满。张维功辞职之后，投资方给了张维功相当于数千万元的股权，筹建地点确定在北京长安街上一家具有国际一流水准的五星级饭店，距离天安门广场仅3千米；连行政用车都已经准备完毕，就等牌照到手，公司即可开张。

但是所有这一切，都在张维功与投资方最后一轮沟通时，骤然停顿。甚至团队中几名正在准备赶赴北京的成员，都得到了暂缓来京的通知。

这是为什么？

因为张维功感觉到了异常。

首先，投资方通过一系列的幕后操作，形成了隐性单一大股东控股的局面。这不仅使作为职业经理人的张维功团队可能会在未来的运作中处于被动局面，更重要的是，这种隐性操作不符合监管要求。这样，不仅会使张维功在监管部门透支自己的信用，而且还会为未来的运营埋下很深的阴影。保险作为金融产业的一个分支，本来就是信用的一个标杆，而推动过江苏省整个保险业信用改革的张维功，更是无法面对这样一个局面。

其次，由于投资方对于金融产业的认识不高，对于短期赢利的要求超过了保险业的本身可能，这是张维功无法接受的第二个原因。在张维功的内心中，未来自己运营的公司是一家全国性的大公司，因此有一段投入期和产出期之间的间隔。对于保险公司而言，投入和产出之间的时间差决定了公司的规模和未来持续经营的可能。对于短期赢利的追逐，会影响属于金融产业的保险公司的运营。

金融产业的这种特性，可以用一个简单例子来说明。以保险业为例，客户因为要避免未来可能存在的风险而向保险公司交出一笔保险金，保险公司则因为大量面临同样风险的客户投保而获得巨大存量的资金。但这些现金的调用和保存是有规律的，是基于高度精确的计算而定。因为客户未来在面临风险变成现实的金钱损失时，保险公司必须及时、有效地支付客户的赔款，起到保障的作用。如果为了追求短期赢利而扩大风险或大股东控制公司挪用资金，则可能导致风险失控。

因此，如果公司还没有成立，就不能在这一关系未来公司生存和发展的根本问题上达成共识，这对于公司的未来而言无疑是一枚隐形炸弹，如果出现问题，不仅无法给客户交代，也无法对自己的员工交代。

正是由于保险业的这种特性，政府才要对保险业进行严格的管理。如果张维功团队与资方发生这种矛盾，虽然只是可能，但却是决定阳光保险前景和未来的关键因素。

保险，就是一个经营信用和风险的产业。

因此，张维功和原有股东最后的离散，当在这一问题上的谈判出现裂痕的时候，已成必然。"如果将来公司发展很大了，股东还有问题，而自己掌控不了，就没法对员工负责任，也没法对其他股东负责任。"张维功回忆说，"这是件很痛苦的事情。"正是基于对员工、对未来负责任的态度，张维功回到酒店后的三天时间里，把自己关进了房间。

在这个过程中，与张维功同日抵京的庄良、廖佳、刘红、于国宁、石运福他们只能无奈、紧张而茫然地等待着；而正准备搭乘飞机前往北京"会师"的江苏省某保险公司高管张延苓和徐晓冬，却接到来自北京的电话：情况有变，暂缓北上。

第三天，一脸倦意的张维功走出了房间。在酒店旁边的一个小饭馆，在充满期待且忧虑的目光中，张维功说，要重新找股东。

事实上这是一个极其艰难的决定。这样的决定不但意味着张维功和他的创业伙伴没有了办公场所、出行工具，而且甚至连最基本的生活保障都可能出现困难。因为他们刚刚辞职，而什么时候能够找到股东却还是未知数。

张维功抛出了个难题！

"调整就调整，我们跟你在一起！"这时的场面显得有些悲壮。"看到董事长很从容，我们就对未来充满了必胜的信心。"几年后，创业团队成员之一的刘红回忆说，"那时我一点都不担心，因为我们对董事长做事的风格和做事的品质非常放心。"知难而上的还有李东辉，李东辉曾任某保险公司广东分公司佛山中心支公司的"一把手"。后来听说张维功在北京组建公司，就于2004年6月3日赶到北京，在知道遇到了"大麻烦"后，仍然毫不犹豫地加盟了这个"草班子"。

"他们不担心是冲着我过去的做事和风格，但现在遇到的是过去从没有遇到过的问题；说实话，当时我心里根本没底。"张维功回忆道。

强烈的事业冲动和理想主义色彩最初出现在张维功身上的时候，似乎注定了他在未来的人生中，将经历更多的磨难和挑战。在中国这个古老的国家里，中庸与平和是人们评价一个人好坏的重要标准。在现实中，他和他的团队在人生最重要的关口遇到了麻烦，按照这个民族的传统，她的子孙们如果要有所作为则必须付出更大的代价。因为一个人要想有所作为，必须偏执，而偏执通常不容于这个社会。

但是，毕竟已经是21世纪的中国了，人们评价的标准变了，而且张维功是一个在舞台上有过历练的演员。更何况张维功以往的辉煌经历在默默地支持着他。

因此，当张维功这个团队与原有股东离散之后再次找到了出资方，开始自己的新旅程之时，新闻媒体对这个经历了传奇般组建的保险公司给予了极大的关注。

《北京青年报》率先以《阳光产险揭开股东面纱　大股东均为国字头公司》为标题作了报道，文中这样写道：

> 阳光财产保险股份有限公司自发起之日起因其筹备负责人的特殊经历而名声大噪。将出任其董事长兼总经理的张维功是原中国保监会广东监管局党委书记、局长。业内人士透露，其在广东任局长期间雷厉风行的工作作风给业界留下了深刻的印象。
>
> 阳光财产保险股份有限公司虽然刚刚"批筹"，但自发文之日就再次受到业内关注。据知情人介绍，此期间沉寂的原因是按市场化原则优化股东结构，其在不足半年中组织了数十家意向股东的20多亿元人民币的资本金，并最终精选11亿元人民币为注册资金。
>
> 阳光产险最终的股东单位同样令人侧目，它们并不是传说中的民营企业，而是在国内有着举足轻重地位的中国石化、南方航空、中国铝业、中国外运等实力派的"国字头"组成的"陆、海、空"编队，出资额分别达到两亿元人民币。
>
> 面对这样一家股东实力强大又有保险监管背景的新公司，一家保险公司的高层人士对自身公司可能的人才流失表示了担忧，"在吸引人才方面，阳光保险太有优势了，简直是得天独厚"。

《南方都市报》记者谢艳霞则以《南方航空2亿参股阳光产险　张维功出任董事长》为标题，进行了报道：

> 中国石化、中国铝业、南方航空和中国外运等均首次涉足保险业……更令人关注的是，将出任阳光产险董事长的张维功曾是

中国保监会广东监管局局长和江苏监管局局长。今年5月，从江苏监管局局长一职调任广东监管局局长一职仅半年余的张维功离任，赶赴北京成立阳光保险筹备组，并担任组长。业内人士预期，除去张维功雷厉风行的性格和广博的保险界人际关系外，股东资源将利于阳光产险在竞争激烈的产险业开拓市场。

人们说，这是一个智力与资本博弈的传奇案例。

大道者赢，虽然张维功在这场博弈中失去了原来在社会中的地位、待遇，重新成为一介布衣。但除了团队没有散去外，更多了解张维功的人在支持和帮助他。也因此，他和他的团队才会重新迎来机会。

公道自在。

裂变点

在山东潍坊市驻京办事处里的这一段日子，注定成为未来阳光保险永远的力量源泉。

这不仅是种道德上的感召力，更是微观经济学中经典的交易成本理论。国内知名经济学家张五常把这种理论归纳成一句最简单的语言："竞争中的企业个体，因其内部交易费用的高低而存在或消失"。

阳光保险的早期案例再充分不过地证明了这句话。因为在潍坊市驻京办事处的这段日子，阳光保险最初的核心团队，形成了用最低的成本来做最大的事情的作风。在之后关于阳光保险的成长历程的描述中，不难发现的是，这种作风使阳光保险在竞争中受益无穷。

在中国石化和南方航空向这家未来的保险公司投出第一笔股本金的时候，张维功团队和阳光保险春暖花开的日子，到来了。

事实上，对于2004年的保险业来说，宏观上的机会和微观上的混乱同时存在着。众多国内的企业和组织，都看到了保险业作为开放金融未来一股重要力量的前景。但是对于一个资深团队而言，获得运营资本的可能，困难就在于谁来做第一个推动者。现在有了第一个推动者，拿下资本金，对于张维功这个团队来说，已经只是一个时间问题。

由于中国石化集团注资，进入股东行列；这之后，中国铝业、中国外运、南方航空等国家级的国有公司如张维功判断的那样顺次进入，速度也越来越快。

2004年12月9日，已经筹到符合要求的股本金的阳光保险开始了筹建牌照的申请过程，他们将申请筹建阳光财产保险股份有限公司的各种材料呈报给了中国保险业的主管部门——中国保监会。

好消息来得比预想的快。

2004年12月24日，星期五下午，创业团队成员庄良和李东辉两个人赶到了中国保监会，期望拿到保监会允许阳光保险批筹的文件。他们得到的消息是，中国保监会改革发展部已经通过了阳光产险的筹建申请。

好事多磨，筹建文件已经审批完成，但却需要办公室的盖章，才能成为正式的文件。心急之下，两人急急忙忙赶到办公室，却还是来得晚了一些。负责具体事宜的工作人员已经把电脑关机了，印章也已锁到保险箱了。

当日正值圣诞前夜，庄良因为他的从业经历与保监会交往颇多，经过耐心的沟通，他们拿到了这份文件。

加盖了中国保险监督管理委员会印章的批文打印件红彤彤的。"从保监会回来的路上，我的手一直在抖！"多年以后，庄良这样描述他回到驻地路上的情景。

当他们回到已经苦等8个月的驻地，一直在等待他们消息的张维功看到他们举着批筹文件走进来的时候，在最艰难的时候也淡定如常的他，双眼模糊起来。

现在，道路通了。

对于这个结局，北京有一个叫做王安的评论者这样评价："阳光保险比起人保系统，比起平安、太保来说，是后来者。早期的混沌既是危险和困难，也是机会，先行者有先行者的益处。但阳光保险的国企股东背景，足以让阳光保险信心十足。比起解放初期那遍地开花的小保险公司，阳光保险岂不像只小狮子，有点阳光灿烂。"

阳光保险起程：隐形的翅膀

获得了保监会的入场许可只是第一步，整个公司开始运作却重如泰山。

因为事涉金融的缘故，监管层在严格条件下的开放意味着中资保险的开放是有限的。到2004年年底为止，阳光保险的保险业同行大约是80多家。但是对于个体企业来说，保险事涉方方面面，又必须保持永续经营，因此阳光保险既要快速运行，又要审慎出招。

先天条件的优势在有限竞争的情况下一步步展现出来。张维功和原始团队以往雷厉风行的作风，使阳光保险在获得了入场许可之后充分展示了快速的一面，而具有战略眼光的股东们又使得经营层的总体思路和事前构思在不受干涉的情况下得到完全的施展。

在阳光保险筹备期间，张维功就为未来的公司运营设定了50个字的总体方针："集众家之长，取自我之道；聚业内人才，纳业外贤士；高起点组建，远战略发展；风雨中做事，阳光下做人；走精英之路，创阳光品牌。"

"这50个字是董事长在10分钟内写下来的，它非常鲜明地表达了他对阳光保险的追求、理想和定位。"后来担任副董事长的创业团队成员张延苓说。

这50个简单的汉字"征服"了很多行业内的资深人士，并成为阳光文化最原始的理念。后来这50个字就成为阳光保险的"经营哲学"，也有人称之为"阳光行动纲领"。

我们将在第三章里看到这50个字背后的故事。事实上，这50个字表达了张维功数十年来对保险业的思考，自然也将会对阳光保险这家未来的公司起到根本性的作用。可以说，这50个字的深刻寓意，对阳光保险的未来产生了深远的影响。

而精心设计的股东结构在阳光保险的现代公司治理结构中的影响，在2005年6月24日股东资本到账后的公司创立大会上，就反映了出来。

创立大会的地点是由南方航空的副总经理王全华提议，在海南三亚的亚龙湾假日酒店。巧合的是，这家酒店所处的海湾叫做阳光岛，与公司的名称不谋而合，而创立大会召开的时间是6月24日，距离阳光产险正式获准筹建的12月24日恰好是半年的时间。可以说，无论如何这都是一种历史机缘。

2005年6月的海南，对于即将成立的阳光保险来说，是一段阳光灿烂的日子。在首次巨头云集的创立大会上，张维功等来了他预期中的支持。

参股阳光产险的主要股东实力强大，涉及行业广泛，中国石化、南方航空、中国铝业、中国外运都是国务院国资委直属的业内龙头企业，粤电力也是广东省最大的上市公司。在阳光产险的股份中，这五大股东的股份相同，与很多公司相比，阳光产险的股东不但不存在一股独大的情况，而且没有派一个人来参与公司的经营管理。

事实上，阳光保险运营至今，无论是公司的哪个层面，股东方都没有派出一个经营者参与；同时，在公司设立之初即设立了独立董事，开创了保险行业先河，充分体现了其规范和远见。无论是初期的阳光产险，还是之后成立的阳光保险集团、阳光人寿，每年几次的股东大会和董事会，因为有非常好的董事会文化和前期的良好沟通，决策事项均能获得充分的讨论和积极的成效。因此业内人士评论说，在保险行业，阳光保险获得了股东方最少的干预和最大的支持。

在各股东的支持下，一个由从基层干起，成为保险监督官员，又转至商业领域的张维功为首的管理团队经营的保险公司，应声而立。

这条缝隙中的道路，被阳光保险走出来了。

我们已经知道职业经理人制度是西方成熟市场经济的产物。在成熟的市场经济里，由于企业发展了上百年，经过了大型的并购和筹资，公司的所有权由于一再换手而变得极为分散，因此出现了所有权和经营权的高度分离。这种分离使得专业的职业经理人可以发挥自己的专长而专注于公司治理，而所有者则因为拥有股权而享有分红权。这种制度看来十分完美，但在中国却常常失败，原因就在于历史自有规律。在市场经济刚刚实行20多年的中国，职业经理人的职业素质和底线常常由于诚信体系尚未完善而无法抵挡住金钱的诱惑，因此他们常常可以以其专业知识与股东之间的不对称信息而对股东不尽责，这种不尽责又因为常常可以逃脱惩罚而泛滥，因此需要时间来进行劣者淘汰。所以，职业经理人制度很难在短期内全面实现，这就是郎咸平教授常常提到的信托责任缺失问题。

但是广泛意义上的缺失，却因为在阳光保险个案中的相互信任而得以解决。四十有余的张维功，以其个人在国企经营和监管位置上广泛被认知的业绩，以及他在阳光保险团队中的地位，确保了股东们在未来公司的经营中可以得到经理人尽责的收益，从而使集中式的大股东们与管理团队能够彼此信任、协同作战，这使得阳光保险在未来的竞争中，开始领先。

事实上，郎咸平教授所说的信托责任缺失现象，以及由此造成的保险业内股东与经理人在公司层面的博弈，在有限竞争的保险领域不断发生。因为保险业经营风险和信用，其现金流极大。所以股东与经理人之间的责任关系十分有趣：一方面，一旦由短视股东控股，他可以通过关联交易转移资本甚至直接从大量流入的客户现金中抽走资本，进行无成本交易。换言之，赚了是股东的，赔了都是政府和社会的，保险公司是有限责任，大不了破产了事。与此同时，一旦股东出现这种情况，经理人必然更为短视，股东付出的是资本代价，而经理人则以其职业信誉和时间为代价。一旦经理人觉得企业不稳定，则可能利用手中的权力谋利。

理论的框架在现实中一定会有映射，事实上，部分保险公司确实如上所述，出现过很多类似案例。

因此，在股东与经理人之间不出现博弈并且协同作战的公司就可以在有限竞争中获得收益。正是如此，合理的股东结构就成为阳光保险的重要优势。

除了股东结构，在整个筹建的过程中，阳光保险还不断在为自己的未来争取优势。

因为对保险业发展的现状了然于胸，所以张维功在阳光保险刚起程的时候就极其重视运用IT技术来支撑公司未来长远的发展。

事实上，西方成熟的信托责任制度在保险业的体现，对于阳光保险的挑战在于，虽然原始团队与股东层面之间的信任没有障碍，但是对于未来庞大的规模而言，还是需要形成常规化的保障。IT技术可以在很大程度上解决这一问题。对于一家新成立的保险公司而言，强有力的技术手段，可以加快信托责任的形成。现代的IT技术已经可以做到客户一旦投保，其现金与保单合约可以在一家保险公司的各个部门里同时纳入管理。IT技术对于现金与合约的管理，可以起到特别的作用。

此时，国内市场上已经开始出现了针对保险公司需求的大型管理软件，也出现了因为生产这些大型软件而发家的专业供应商。无论是异地控制，还是同步运作，都已经有了成熟的经验。

但张维功却不满足于运用现有的软件。因为阳光保险进一步的优势很大程度上基于自己后发，可以在其他公司应用的基础上取长补短，形成独特的竞争优势。同时，在IT信息技术中，张维功还希望注入自己对于未来公司的管理和运作理念。

阳光保险的这套IT支持体系具有很大优势。他们在设计之初建立的业务、财务、再保险一体化核心业务系统，要求多个同步，即客户一旦投保阳光保险，其保障条款和现金都将同步出现在阳光保险的多个数据库里，被财务、理赔、再保险等多个部门监管，客户的权益会得到多重保障。同时，在出险的时候，这个体系也可以确保快速反应，在异地的各个部门，可以同步进行理赔手续。这在当时国内所有新筹建的保险公司中是独一无二的。

在筹建之初，对IT系统的要求所带来的是阳光保险的IT部门与协同公司更多的投入。对于这家新建公司而言，原始团队的创业精神开始被复制。时值盛夏，"我们五六个人加上机器'蜗居'在一个不到10平方米的房间里，没有窗户，空调又不大好用，每天要在里面待12个小时以上，而且要待上将近2个月的时间。"远芳回忆当时的状态是"封闭式的开发，疯狂的工作"。因此，远芳和其他同事桌子上摆满了各式各样的山楂制品，酸酸的山楂成为提神的绝佳秘方。很多问题需要通过会议讨论达成一致意见，会议经常延迟到午餐时间，他们风趣地称它为"午会"。在筹建结束后，张维功对IT支持系统的建立，给予高度评价，他们建立了第二个优势。

再保险，是这家新建公司的第三个优势。作为经理人，张维功团队从来想着的就是把阳光保险做成一家百年老店（当然，事实是保险公司的经营就是以永续为基础的，没有永续经营，客户对于未来风险的防范就失去了意义）。因此在选择再保险公司合作的过程中，阳光保险在全球范围内进行了优选。

再保险的通俗意义是对保险公司的一个保障。保险公司经营风险和信用，从理论上说，风险已经在这里得到了控制。但是在成熟的市场经济中，保险公司也是市场化经营的，因此从最底层的角度看，保险公司在发生万一的情况下，仍然是有风险的。因此就存在一种必要——在全球范围内，对保险公司再进行一重保障，经营这个业务的，这就是再保险公司。

对再保险公司的选择，体现了一家保险公司对于客户的责任。尤其是新兴保险公司，它对再保险公司的选择，是以再保险公司的声誉给自己加盖公信力背书。而阳光产险则赢得了全球再保险市场的关注与支持，并与当时全球最大的再保险公司之一——瑞士再保险集团签订了全面合作协议，在开业前就拥有颇具影响的承保能力，获得的再保险合约条件在所有新设产险公司中首屈一指。

2005年7月26日，阳光产险顺利通过了中国保监会验收小组的开业验收，取得《保险公司法人许可证》，两天后经国家工商管理总局核准，获得《企业法人营业执照》。

"阳光"号巨轮终于拉响了长长的汽笛。

如同一艘万吨巨轮的起航，尽管船体已经制造完毕，系统已经调试正常，船员已经各就各位，但它毕竟是一艘新的巨轮，其将进行的是历史性的航程，因此，张维功如履薄冰，战战兢兢。

第三章

被预制的公司

速度制胜，文化致远。从诞生伊始，阳光保险的创始人张维功先生就将创业的基因转化为构建阳光文化大厦的基石，并将它融入了每个阳光人的血脉之中。因此，阳光保险一出世，即以黑马般优美的姿势和速度奔跑，呈现给行业和社会鲜明而独具特色的品位和风范。弹指4年间，独特的阳光文化不但已经成为阳光保险发展的DNA，而且也已经成为行业中一道亮丽的风景线。

——"首届中国保险文化与品牌创新论坛暨第三届中国保险创新大奖"主办方的颁奖词

梦想中的阳光保险与现实的新问题

从阳光保险创立至今的5年时间里，快速发展可以说是其一个非常显著的特征。

从创业初期的9个人，到2010年初从业人员超过6万人；

从不到100万元的创业资金，到2009年底超过50亿元的实有资本；

从2005年成立，首年保费不到亿元，到2010年保费收入将超过200亿元，这一年，它将迈入中国企业500强；

从首年承担的保险责任166.1亿元，到2010年累计承担保险责任近20万亿元，累计上缴税金25亿元……

这些数字的背后，是张维功领导的管理层的先见之明。换言之，这是一个被预制的大公司。

如果说张维功辞去中国保监会广东监管局党委书记、局长一职对于他来说是一个深思熟虑的决定的话，那是因为最初他和整个创业团队想要的就是创办一家大型保险公司。如今，这张蓝图在被不断地变成现实。

阳光保险要做一家什么样的保险公司？部分答案可以在中国加入世贸组织谈判代表龙永图对于成熟市场经济的国家中保险业地位的表述里去寻找。事实上，在这些国家中，保险业的社会地位非常明确。一方面，因为整个社会中个人负责的观念深入人心，作为社会人的个人与作为法人的雇主之间由明确的契约决定收入和福利，因此整个保险业是社会的组成部分。通过经营社会中普遍存在的风险，保险业从社会成员手中获得大量的现金。与此同时，保险业还是社会的一个重要专业化投资主体，它不介入产业经营，但却可以对很多产业进行投资。从投资中获得回报，进而回报社会成员，赢得公司利润。

正如对于整个成熟市场经济国家的社会有着深入研究的管理学大师彼得·德鲁克所言，企业的最终目标，就是成为社会的有效器官。当中央政府开放产业的发令枪响，保险业新生的市场主体就此展开了一场名叫市场竞争的赛跑。终点就是成为社会的有效器官，正如我们很多人都知道的那样，提到个人计算机，我们想到的是联想、戴尔和惠普，提到日化用品，消费者的脑海里出现的是宝洁、联合利华。这些出现在消费者脑海里的公司形象，就是竞争的目标。

作为一家志在长远的公司，阳光保险最终想在社会中赢得这样一个地位。而以保险业在成熟市场经济国家中的构成来看，它将是一个极其重要的器官。为了赢取这样的地位，张维功和阳光保险的原始团队必须构建一家大型公司，同时还必须设法在市场最初的残酷竞争中生存下来。

梦想中的阳光保险，就是在成熟的中国市场经济中成为一个有效的社会器官。张维功和他的同事们也许无法非常准确和具体地描绘关于未来的蓝图，但直觉告诉他们，他们要尽快长大。

"一家有品质和实力的公司，就像一个非常有知识、有修养、有层次、有内涵的积极向上而又身体健康的人，我们就是要把阳光保险打造成这样一家公司。"

借纪念中国共产党建党84周年之际，张维功发表了《我们的今天和明天》的主题讲话。他不但讲述了阳光保险筹备组建过程，而且对阳光保险的愿景、定位以及阳光文化的成长路径进行了详尽的描述。选择党的生日前夕，发表主题鲜明的演讲，意味深长。"从中我们不但可以发现张维功对文化建设在公司发展中的历史定位，还可以想象到他的追求与抱负。"中国保险学会会长罗忠敏说。

84年来，在中国共产党的领导下，中国由一个半殖民地半封建的旧中国，建设成为一个强大的社会主义新中国；特别是中共十一届三中全会以后，中国共产党以其极大的魄力推动了举世瞩目的改革，现在的中国已经不是二三十年前的中国，在960万平方千米的土地上，处处充满着生机和希望，全体中国人正在积极参与到民族复兴的伟大事业中来。在今天这个日子，我们很好地回顾过去，特别是回顾半年来的筹备工作，可以更好地展望光辉灿烂的明天。

当然，张维功还绘声绘色地描述了阳光保险的美好未来：

第一步，用3年左右的时间，着力打造中国最优秀的、最具成长能力的新兴保险公司。在此期间，基本完成分支机构的铺设，尽早申报和设立寿险公司、中介公司，建立和扩大在保险市场的知名度、美誉度和影响力。

第二步，用7~10年左右的时间，打造中国最好的保险公司。在此期间，公司将完成组建保险集团及公司上市的工作，使公司内涵价值得到显著提升，培养和提升公司的核心竞争能力，形成在业内优势明显、社会认知度高、具有竞争力的阳光保险品牌。

第三步，用10~15年左右的时间，打造国内一流的保险金融集团。在此期间，公司以保险业为核心，进一步延伸服务领域和经营地域，成立资产管理公司，适时开办银行、证券、信托业务，在海外市场开设分支机构，把阳光品牌向国际市场延伸，建设国内一流、国际上有影响力的保险金融集团。

第四步，在公司成立20年左右的时期，打造国际一流的保险金融集团。在此期间，公司将通过国际化的管理团队、具有凝聚力的企业文化、成熟的风险管理、优良的产品、服务及市场能力，不断整合市场资源，进一步巩固公司在国内市场的竞争地位，扩大公司在国际市场的竞争力，把公司打造成国际一流的保险金融集团。

他还颇为豪迈地展望：

> 从能力上，要实现四个最。即最强的技术力量、最好的服务水平、最强的市场能力和最高的赢利能力；从风格上，要办成一家开放、规范、和谐、有鲜明个性特征的保险公司。开放就是显示阳光的一种进步、一种胸怀，要海纳百川、兼容并蓄，要学习与接受、创新与开发。规范的重要标志是科学严谨、诚信和执行，这与我们的文化一脉相承。和谐的标准是员工团结、部门协调、上下顺畅、环节流畅、融入社会。鲜明的个性特征要体现在阳光独特的文化上。

笔者之所以不厌其烦地引用这一段内部讲话，在于这段话使笔者不禁想起《孙正义，打造铁一般的成功》（出自《南方周末》）中的一段文字。2000年的孙正义已先后向互联网投资了25亿美元，并已经收回了30亿美元的资金，且他创办的Softbank Corp.（软银集团）旗下共有21家上市公司，软银集团持有的未兑现股票共价值230亿美元：

> 1981年，孙正义以1 000万日元注册了Softbank，直译过来就是"软件库"。
> 公司成立的早晨，他搬了一个装苹果的箱子，站上去——孙正义个子很矮，以记者的感觉，大约不会高过1.6米——对两名雇员发表演讲："5年内销售规模达到100亿日元。10年内达到500亿日元。要使公司发展成为几兆亿日元，几万人规模的公司。"
> 两个雇员听得张大了嘴，不久，他们都辞职了。

张维功的演讲能力非常富有感染力，据说他在江苏任职时到某公司"作报告",30分钟内竟然响起48次情不自禁的掌声。但是,张维功描述的梦想能否实现、在什么时候实现呢?有些刚刚迈进筹备组大门不久的员工,或许如孙正义旗下的那两名雇员一样,"听得张大了嘴"。

怀疑的目光从来不缺乏。但无论如何,张维功带领他的团队正式出发了。

现实却并不乐观。

2004年保险业开始全面开放之后,保险公司都开始了扩张。在高速扩张的背后,风险与压力也悄然而至,出现了"一年起步、两年做大、三年亏损"的"三年怪圈"现象。

这无疑是短视公司的做法。

其规律是这样的:新兴保险公司在进入市场之后,第一年为了迅速打开市场,往往只重规模不重效益,捡到篮里就是菜,承揽大量质量不高的业务,致使泥沙俱下,优劣参半。这样公司规模做大了,也能够利用保费和赔款的时间差维持正常经营,但其中却隐藏了大量的潜在风险;所谓差业务,是出险频率比较高而导致保险公司赔付较多的业务。

第二年,它们乘势而上,快速增长,用高增长消化第一年的劣质业务所带来的后遗症,此时,如果继续采用第一年的业务政策,不及时调整业务结构,尽管规模迅速扩大,但风险的雪球也越滚越大。

到了第三年,由于保险额基数增大,收取的保费已经不能弥补前期劣质业务所带来的理赔要求,而前两年劣质业务爆发出了大量赔款,于是就出现巨额亏损,陷入"三年怪圈"危机。

第四年,公司不可避免地进行业务结构刚性调整,强行刹车硬着陆,导致人员的波动和经营上的大起大落,从而进一步加剧矛盾的恶化。

如果新公司在第二年没有足够的增长速度,"三年怪圈"现象甚至在第二年就会发生。其实对老公司而言，同样难以逃出这一怪圈，如果该公司处于业务高速增长时期，不注意在做大过程中优化业务结构，也会陷入"三年怪圈"，出现保费收入快速增长而核算结果亏损的现象。因此，无论是新机构从无到有发展，还是老机构业务规模从小迅速到大的过程中，保险公司都必须正确面对"亏损怪圈"。

怪圈的背后，是保险业在开放后的历史过程中的缩影。由于开放前国有公司对这个领域的垄断性经营使得市体主体竞争不充分，进而使这个复杂的管理行业专业人才奇缺，造成管理粗放，公司官僚化，毫无亏损的后顾之忧，重收不重支、管理松散、泡沫经营、恶性循环，这些无疑是保险公司"三年怪圈"发生的前提。

加入世贸组织之后，中国保险业根据承诺结束过渡期，率先在金融领域实现全面对外开放。在此期间，保监会为做强国内产业，迅速核发了相当一批保险公司牌照，截至2010年，被允许进行经营的各种形式主体的保险公司共达120多家。

"三年怪圈"的出现，正是行业放开初期各种力量杀入并展开激烈竞争时的市场特征。由于保险业涉及巨大的现金流和广泛的社会效应，这种竞争状态给监管层带来了很大压力。这也再一次证明，有严格限定的开放，在相当程度上是有先见之明的。在一定意义上，这种开放后的现状，证明了金融业的复杂性。金融是产业之母，只有当产业资本充裕到相当程度，社会分工细化之后，金融业才会出现社会需求。而保险作为金融业的一个细分行业，也必须在市场发育到相当程度、广泛的市场需求出现的时候，才有开放的可能。

短视的公司行为当然与阳光保险无关，但市场竞争却给这家新生的公司带来了巨大的竞争压力。一方面，市场上出现连续的杀价争夺份额的现象，另一方面，人才的奇缺给志在长远的保险公司出了一道严厉的考题，产业要求公司永续经营，那么永续经营的前提是什么？前景又是什么？

这正是阳光保险作为一个新生的市场主体要回答的问题。

文化DNA

在整个中国的产业版图上，保险业的全面开放是非常晚的。正是因为晚，决定了竞争的残酷和监管的严厉，同时，保险业在成熟的市场经济国家的地位决定了这个产业对于资本来说有着极大的诱惑力。这也决定了这样一个事实，那就是竞争从一开始就将是全方位的，而且是立体的。所有在先发产业里用过的手段，都将在保险业里出现，而出于社会稳定的考虑，监管将如影随形。

作为曾经的保险业从业者和监管者，张维功和阳光保险的原始团队清楚地了解这一点。所谓预制的大公司，事实上是他们对于整个阳光保险在未来竞争中的地位和发展路径，有了周详的考虑，文化成为这个宏伟而周密的计划中最核心的内容。

先发产业的竞争经历对张维功和阳光保险原始团队的启发，促使他们对公司信念进行思考。更重要的是，张维功及其原始团队的创业经历本身就凝聚了原始的文化精神。

张维功和他的团队面对最初的巨大创业压力，没有退却更没有放弃，而是不断地探索新的希望；其中历经8个多月的艰辛，没有办公桌、没有经费来源，也没有工资收入，更没有人告诉你未来在哪里、何时会有结果，有的只是在别人看来微薄的希望、坚定的信心以及咬定青山不放松的毅力。

也许，只有这种经历，才能够让他们更深刻地理解冰心老人的那句小诗："成功的花，人们只惊慕她现时的明艳！然而当初她的芽儿，浸透了奋斗的泪泉，洒遍了牺牲的血雨。"

但正是这种敢于挑战、坚韧不拔的文化，为阳光保险未来的发展打下了坚实的基础。或许如此，张维功将其创业初期重新选择投资方的决定总结为"敢于挑战"，把半年多的坚持描述为"坚韧不拔"，并把这两个词汇归纳为"阳光保险的原始文化"。

所以阳光保险的内部员工说："阳光文化其实从创业初始就开始积淀了。"

什么是文化？"一千种书籍里，有一千种关于企业文化的说法。"这个看不到摸不着的东西之所以被阳光保险早期的创业者们奉为圭臬，是因为他们对企业文化有着自己的理解。一位阳光保险的员工甚至用中国近代史上国共之争的结果，来描述企业文化的作用。

近代史上的国共之争，中国共产党从一个力量弱小无援的组织起步，最后战胜拥有绝对优势的国民党的这一段历史，确实构成了一个历史的奇迹。在先发产业中，这个奇迹被很多企业组织奉为微观经济竞争中的宝典。阳光保险的创业者们认为，抛开所有可见的对比，内心中强大的信念，是支撑着一个组织从弱小走向强大的核心。正是这种信念，使得国共之争中作为弱小一方的中国共产党，最后赢得了胜利。

由此理解阳光保险的早期创业者为什么会花费3个多月的时间来构筑企业文化体系，就容易多了。在未知的竞争中，他们要先创造一种信念。在从零起步的公司运营中，他们要用这种信念去聚合人——对于保险业来说，在相当长的一段时间内，业务模式相对确定，公司资产大同小异。竞争中的差异性，将主要集中在人的差异性上。因此用明确的文化理念来聚合人，用人的差异性在竞争中取得核心优势，是这家到现在也只能称做年轻公司在竞争起步点取得优势之后，在未来更为残酷的竞争中可以凭借的最重要手段。

所有头脑中的风暴，都会在现实中有所映射。事实是，阳光保险在成立之后曾多次组织员工参观革命历史纪念馆——显然是两种相似文化导致的结果。

曾经担任英国首相达11年多的撒切尔夫人在执政期间，一直是以一种崇高的"信念"作为治理大英帝国十一载的思想基础。在她的回忆录《唐宁街岁月》中，她说道："我的政府是一个将哲理、信念付诸实施的政府，而不是一个只执行规章制度而设立的机关。"

同样的，一个企业经营的最高目标，也应该是一种"信念"的实现。IBM前CEO小托马斯·约翰·沃森认为企业文化就是一个企业的"信念"，他说："我相信一家公司成败之间真正的差别，经常可以归因于公司激发员工多少激情和才能，在帮这些人找到彼此相同的宗旨方面，公司做了什么？……公司正经历代代相传期间发生的许多变化，如何维系这种共同的宗旨和方向感？……（我认为答案在于）我们称之为信念的力量，以及这些信念对员工的吸引力……我坚决相信任何组织想继续生存和获得成功，一定要有健全的信念作为所有政策和行动的前提。"

当然，仅有信念是不够的。

为了秉承筹建前期的原始精神，提炼出阳光文化的核心理念，形成初步的体系，张维功及其团队经常讨论到深夜。

从讨论阳光文化起，"阳光夜总会"的工作模式逐渐开始在阳光保险内部流行。

"所谓'阳光夜总会'，是因为我们为了把问题弄得更清楚更明白，往往需要长时间的沟通，因此会议往往会开到夜半三更。"李更说。李更曾任平安产险山东分公司总经理。有关"阳光夜总会"印象最深的一次是，晚上9点钟进入会议室，出来时已经是次日的早上8点钟。

"经过无数次的激烈讨论，数十次推倒重来，字斟句酌，历经三个多月，《阳光之道》终于诞生了。"在那一段时间里，张延苓作为主创者之一，脑海中时时浮现着这些黑色而跃动的文字。

2005年7月，在阳光产险取得营业执照前夕，这本薄薄的册子《阳光之道》印刷出炉。其分为四大部分，包括核心理念、基本经营管理政策、基本业务政策、基本人力资源政策和阳光职业化行为体系等内容。期间，张维功和他的同事们还邀请国内著名品牌和VI设计公司设计出了阳光品牌识别系统，创作出了公司司歌《阳光时代》的歌词，并邀请我国著名的作曲家傅林先生谱曲，由海政歌舞团青年演唱演员王佳教大家演唱。

一个完整的文化框架开始搭建起来。

阳光文化的内核

在阳光保险创建三年之后，也就是阳光企业文化构建完成四年之后的2008年岁末，"首届中国保险文化与品牌创新论坛暨第三届中国保险创新大奖颁奖典礼"在北京隆重举行。阳光保险一举夺得"年度最佳企业文化奖"。

"年度最佳企业文化奖"是首次设立的中国保险文化与品牌大奖中分量最重的奖项，阳光保险凭借其独特的企业文化以及对企业文化不懈的追求和创新获得了此项殊荣。

主办方对阳光保险的评价是：

> 速度制胜，文化致远。从诞生伊始，阳光保险的创始人张维功先生就将创业的基因转化为构建阳光文化大厦的基石，并将它融入了每个阳光人的血脉之中。因此，阳光保险一出世，即以黑马般优美的姿势和速度奔跑，呈现给行业和社会鲜明而独具特色的品位和风范。弹指4年间，独特的阳光文化不但已经成为阳光保险发展的DNA，而且也已经成为行业中一道亮丽的风景线。

2010年元月，阳光保险蝉联了该奖项。

商业的竞争是看结果的，阳光保险的企业文化之所以能再次在业内取得这个奖项，是因为在数年之后，阳光保险作为一个企业取得了相对领先的优势。而此时，人们常常对形成这种优势的原因刨根问底。显然，对于阳光保险快速成长原因的刨根问底，追踪到了创业者们早期建立的企业文化上。

也正是因此，阳光文化更加值得关注。

事实上，学界已经关注到了"保险业竞争中的核心能力是什么"这样一个话题。关于保险业市场主体的文化缺失问题，就在阳光保险开始创业的2004年，复旦大学保险研究所所长徐文虎教授撰文提出，保险市场从粗放型市场转型到技术型市场是国内保险业发展的必然选择。技术型模式的底蕴是文化，中国保险市场跳动的应该是文化的脉搏，不重视文化这个现实，无论是中资还是外资，哪个竞争主体都会遇到尴尬。文化建设在保险市场转型时期的重要性更加突出。

这是一个竞争时代和保险业最初开放的交叉性问题。在竞争激烈的保险市场中，任何一家公司的发展都需要强大的动力来推动，那推动的动力之源是什么呢？是制度，是产品，是创新，还是人才？有人才没有制度不行，有制度没有人才也不行，有创新没有人才更不行。到底什么是公司的动力之源、发展之本？行业性的混乱背后，行业文化的缺失已经成为保险业健康持续发展的桎梏。

学界提出的问题，要在实践中得到解决。作为一个新兴的竞争者，阳光保险的文化解决之道是怎样的呢？

与大多数国内企业经过10多年积淀才形成企业文化不同的是，《阳光之道》这本企业文化手册，从一开始就把阳光保险的最初创业者们对于这家刚出生公司以及它的成员们的约定，以文字的形式提高至文化的层面。

在《阳光之道》第一章《核心理念》中即开宗明义：

第一条　愿景：打造最具品质和实力的保险公司

阳光致力于以崇高的道德水准、高效健全的管理和高素质、高境界、高度职业化的员工队伍，为客户提供优质稳定的服务，成为高赢利性的公司，成为客户首选的公司，成为优秀人才向往的公司。

第二条　使命：共同成长

为客户创造价值，使员工富有成就，为社会营造和谐，让股东获得厚报。

第三条　核心价值观：

一个追求：创造价值

阳光坚持价值导向，把创造价值作为一切工作的出发点，始终不渝地坚持对创造价值的追求。

两个根本：诚信、关爱

诚信和关爱是阳光生存和发展的两个根本。

阳光坚持最大诚信原则，遵守国家各项法律法规，将诚实信用的道德规范落实到每个环节、每个细节，以诚信担负社会责任。

阳光崇尚关爱，并将其化为具体行动，以人为本，形成以客户和员工为主线的关爱文化，将关爱贯穿于客户服务和员工成长的全过程。

三个统一：激情与理性、创新与执行、团队与个人

阳光坚持工作激情与管理理性的高度统一。阳光倡导以使命般的激情投身事业，赋予工作以非凡的意义；同时强调富有理性精神、科学、规范、专业和职业，结果与过程并重，正确处理规模与效益、长期利益与短期利益等重大关系。

阳光坚持基于公司利益的创新与不折不扣的执行的高度统一。阳光倡导异想天开的思维，以不断提升组织的创新能力，并形成一套科学的创新机制，使创新成为阳光不断取得成功的源泉；同时强调不折不扣的执行，反对任何形式的官僚主义、形式主义、自由主义。

阳光坚持团队合作与发挥个人作用的高度统一。阳光倡导发挥每个人在团队中的不同作用，鼓励个人贡献智慧和力量；同时强调团队合作、集体奋斗，共同成长。在任何情况下，个人不得超越组织，局部利益服从整体利益、个人利益服从集体利益。

第四条 企业精神：战胜自我

阳光及每一个阳光人把自己作为最难战胜的挑战者，自我发现、自我否定、自我奋进，敢于做自己没有做过别人做不到的事情。

阳光保险在企业文化的形成上与国内大多数企业的差别，在于创业团队的不同。这是一群有工作激情的人所组成的团队。作为一种信念，创业者认为这种工作方式保证了他们在保险业内成为领先者。在未来的竞争中，他们以"打造最具品质和实力的保险公司，致力于以崇高的道德水准、高效健全的管理和高素质、高境界、高度职业化的员工队伍，为客户提供优质稳定的服务，成为高赢利性的公司，成为客户首选的公司，成为优秀人才向往的公司"为目标，并要求以此目标规划具体的工作目标和人生追求目标为阳光人的共同特征，来完成公司的方向——创造价值。

也正是因此，《阳光之道》的开篇序言就非常宏大，创业者们这样表述道：

我们深知，伟大的公司源于伟大的思想。阳光只有形成自己的思想体系和独特的价值主张，才能奠定成为伟大企业的根基。《阳光之道》正是阳光对自身价值主张与成长法则的系统思考。

《阳光之道》阐述了公司的基本理念和管理政策，规定了阳光管理者和员工的基本行为准则，将成为阳光未来事业发展的指导原则、理论基础和强大精神驱动力。

后来，张维功对《阳光之道》的形成做过一次解释。他认为，以他长期在保险业的工作经历看，传统企业中虽然也有一系列的工作岗位和工作职责之分，但定位工作职责的方法比较传统，所以容易发生职责制定了却执行不下去的情况。因此他要求各部门在制定部门和岗位职责时不仅要制定出职责的"形"来，更重要的是要锻造出一种"魂"来，使它成为指导实际工作的灵魂。

"用这种魂来指导我们的工作，这就是《阳光之道》。"张维功说。

虽然看到的只是几段非常简短的文字，但几乎在之后阳光保险的每一段历史中，我们都会与《阳光之道》相遇。

这就是文化的力量。

阳光文化的最初表现

《阳光之道》以文字形式体现的阳光保险企业文化，一登场就引起了巨大的关注。虽然最早的登场，只是一则招聘广告。

为了阳光明日灿烂，容我阳光今日苛求。如果你具有以下特质，我们不希望浪费你的时间：

"你曾在三家以上的同业公司工作过；

你关心上级总是胜过关心下级；

你对领导的决策从来没有异议；

你的决策只是源于经验；

你很少看新闻联播；

你把薪水和职务当做择业的首要条件；

你从来没有自觉进行过爱心捐助；

你提出有价值的观点数少于你的工龄；

你因严重违规受到过监管部门的处分；

你过分关注同事工作之外的事情；

你为公司购物从不砍价；

你每个月的个人话费总是不足百元或经常超过千元。"

……

2005年2月6日，春节前夕，尚处于筹备中的阳光产险在媒介上第一次发布了招聘广告。

在这则广告中，阳光产险明确地表明要拒绝的12种员工。

尽管这则广告的内容如同白开水般平淡，但显然非常与众不同，并引起了巨大的反响。与传统的招聘广告不同的是，它没有对专业的要求，没有对学历的要求，却明确地提出了对未来员工作为一名社会人定位的要求。当我们看完《阳光之道》对于这家公司和公司成员未来的工作方式的描述后，这样的招聘广告显然是顺理成章，阳光产险以其独特的价值观诉求向社会和业界毫不犹豫地发布了"阳光文化宣言"，它表明了这家公司首先要求的是人的价值取向，并通过一系列的"不"大致描绘出了阳光保险公司员工作为社会人的定位。

很显然，它会引起巨大的社会反响，因为它颠覆了传统意义上国内的教育和家庭对于人才的定义。这种定义通常是：人才的标准由学历、专业、出身家庭背景等一系列可量化的指标组成。从公司的文化以及延伸出来的工作标准来看，阳光保险在这则广告上，定义了自己对人才的要求。

"我们认为，高起点地组建公司首先需要一批高标准的人才，其首要标准是认同阳光价值观，跨越阳光文化的门槛。"张维功说。

尽管这次广告仅仅分别在《中国保险报》、《北京青年报》上刊登了一次，但是却掀起了一阵风暴，一批有志向、有梦想的人才迅速从全国各地聚集到了阳光文化的大旗下。

"如今，我依然清晰记得那张招聘广告：几束穿透力极强的云层里射出的光芒，宽阔的海面，还有坚忍不拔的栗色的岩石……"潘华刚说。潘华刚曾是中国人民保险集团的一名优秀的管理者，早年曾多次赴海外研修。偶然看到这则广告，多年平静的他竟怦然心动。

当然，这则招聘启事不但吸引了一批认同阳光文化的人才，而且由于十分"另类"，让许多充满好奇心的记者在平静的领域找到了新闻眼，因此他们纷纷要求来采访这个还处于襁褓中的"婴儿"，并引发了很多媒体的热评。在两个月间，因为这条广告而积累的关于这家新生公司的报道，累计达到数千条之多。

不能用一般意义上的作秀来定义这条广告，事实上，这条广告出自创业团队之手，他们是出自对保险业的深入了解和公司的规划来制作这条广告的。后来张维功接受采访时说到他当时的想法：一个人每个月的个人话费总是不足百元意味着你没有朋友、缺乏活信息，而每个月电话费经常超过千元则意味着除特殊情况外，你有第二职业或不务正业，这两种人都不是阳光所欢迎的。

事实上，与阳光文化一脉相承的这条招聘广告，在一定意义上是中国商业文化兴起的标志。

阳光背后的"有形的手"

现在，我们可以回过头来看阳光保险作为一家商业性公司其背后的政府因素这只"有形的手"了。

1776年，英国经济学家亚当·斯密在其经济学名著《国富论》中，称市场好似一只"看不见的手"，自发调节着市场上无数个寻求"自利"

的经济个体的行为，并因此推动整个社会财富的增加。而"有形的手"则是指政府的宏观调控和资源调配。

在金融开放的过程之中，政府出于稳定的目的，对于牌照的发放必然有一个甄别过程。就保险业而言，在中国国内可能有数千家企业有投资保险的意愿，但把最初的100家牌照发放给谁，是一个转型国家中极为敏感的问题。由于转型，政府不可能一下子实行登记制，给所有有意愿的人都发放牌照。因此谁可以获得信任，谁就可以获得资格。

而我们在此之前可以明确看到，张维功显然是可以信任的人。他在国内保险业有着自己特殊的地位，甚至处于最高决策层的视野之中。由他来创建一个团队构成市场主体至少将会是良性的，这是监管层可以达成的共识。

也正是因此，张维功会赢得最早的投资，但也正是因此，他必须不负信任，严格合规。这才会有整个阳光创业团队在创业初期那段极其痛苦的日子。

早就有哲人说过，人生是一个平衡方程式，你在等号的这边付出多少努力，就会在等号的那边得到多少收获。事实上，阳光保险在取得信任，在保险业的竞争中得到首发权之后，同样也要付出代价，那就是在持续经营中因为出现在最高监管层的视野之中而必须分外合规经营，而且常常要接受来自最高监管层的直接检查。因为阳光保险是一个中国意义上的典型。

阳光保险，不仅名字叫阳光，而且经营必须阳光。

作为一家大公司的母体，2005年，阳光保险起航了。以创业为起点，以成为社会器官为终点，其中的路程漫长而艰辛，道路崎岖而蜿蜒，也许会有人散去，也许会有人离开。

但创业者的梦想只有一个，那就是驶向前方更远处。

第四章

蓝图的扩张

在我们目前、将来极可能同样是动荡而且是多变的年代里，一个管理者是否具备独到的能力去分析自己的竞争舞台和制定生产战略就显得非常的重要。

——彼得·德鲁克

从产险起步的布局

不管蓝图画得有多好，规划有多详尽，在现实中，任何一家公司的起步，都是泥泞的。

阳光保险作为市场的后进者，一开始起步，就面临几个战略性的选择。从什么业务领域起步，从哪里起步，怎么起步，以多快的速度起步？

理想远在天边，起程要一步步，关键是在正确的时间、正确的地点，做正确的事情。

对于立志打造一家以品质和实力取胜的保险公司的阳光保险来说，现在条件已经具备，有着充分的资本金和用人的选择标准之后，创业者们要选择的是路径。

成立一家保险公司，有两条路可供选择，一条是先组建寿险公司，另外一条则是先组建产险公司。

2003年，中国保险业实现保费收入3 880.4亿元，同比增长27.1%。其中人寿保险实现保费3 011亿元，同比增长32.4%，占总保费收入的77.6%；产险收入869.41亿元，占22.41%，同比增速为11.71%。因此有媒体评论说，都是做保险，产险公司的日子远不如寿险公司红火。

根据保险企业经营的一般规律，相对而言，一家寿险公司的发展前途和内涵价值要比一般产险公司更具前景。但是，按照当时的计算法则，产险公司一般只需要3~4年时间就可以实现赢利，而寿险公司要实现赢利则需要7~8年的时间。也就是说，按正常经营规律讲，产险公司实现赢利的速度比寿险公司要快。

在两条跑道面前，张维功应当如何选择呢？

尽管当时的经济发展水平、不健全的法律环境以及社会信用经济不成熟等原因束缚了产险公司成长的脚步，但是，从战略发展的角度思考，先成立一家产险公司，并尽快实现赢利，对于对保险企业赢利周期缺乏深入了解的股东们而言，更容易接受，也就更容易得到他们的支持，并且能够为以后在产险公司旗下设立寿险公司奠定良好的基础。

于是，张维功果断地在阳光保险的版图中掷下了他的第一枚棋子。2005年6月24日，阳光产险创立大会在海南三亚顺利召开。

下在棋盘上的棋子，位置越低越容易获得根据，位置越高越易于取得势力。这是围棋的基本法则之一。张维功对阳光保险未来路径的选择显示了他理想主义色彩之外的现实主义原则。

此时，张维功对于股东选择的优势显示了出来，有力地帮助着这家刚刚开始学步的公司。

以五家国有特大型公司为股东，阳光保险从一开始就找到了社会需求的所在。作为中国社会的骨干企业，中国石化、南方航空、中国铝业等股东一方面有着大量的涉保业务；另一方面，这些企业对外有着极为广泛的业务联系，牵动着几乎整个中国国内的法人社会。从产险入手，阳光保险一开始就可以切入到几乎整个国内版图上的企业。

阳光保险精于选择的特性，显露无遗。

作为创业型的职业经理人，阳光保险核心团队的理想主义色彩已经在他们的《阳光之道》中表露无遗，这种表露，无疑是对未来股东和创业者自己书面的承诺。企业的生存，最终是要靠利润来维持的。保险行业的创业者们都明白，公司起步之初最为艰难，因为最为现实的问题是在业务健康发展的同时，还要保证偿付能力的充足性。从财务角度，保险公司收取的保费首先要认定为负债，并根据承保周期来逐日确定认可资产；但其销售成本、人力成本等，则是在期初就发生了，因此必须有庞大的自有资本做支撑。而偿付能力就是保险公司偿还债务的能力。偿付能力不充足的公司，持续经营就会面临风险。而阳光保险的股东结构和业务选择，就是将这种风险降到最低。

与之同时，阳光保险在迅速壮大自己，迅速融入社会，其方式就是开设分支机构。

布局之道

2005年，向全国性公司发展，迅速地完成机构的战略布局是所有保险公司的普遍心理。因此，相关政策的出台使产险市场不论是业务范围还是地域上的开放都呈现出了"快马加鞭"的状态。

"萝卜快了不洗泥"，基于数量型扩张策略下的机构设置原则，往往容易"鼓励生育"，而忽视"优生优育"，而且许多公司的做法是只管"生"，不管"养"，这样就为未来的亏损埋下隐患的种子。

张维功显然已经考虑到了这个潜在的"陷阱"。为了防止"陷阱"的出现，阳光产险在机构发展方面采取了积极而审慎的措施。

《阳光之道》中对机构发展有"四大原则"：一把手原则、管控原则、市场容量原则和赢利原则。对"业务经营原则"的要求是零点利润原则、追逐利润原则和卓越服务原则。这些基本组织原则源于《阳光之道》，经过了反复的讨论。"四大原则"背后的机理是，建设一个机构的关键在于选择好分支机构的"一把手"，上级对下级机构的管理控制能力能否跟得上，当地市场的容量是否足够大，分支机构建成后能不能在规定的时间内赢利。

哪个区域充分满足了这四个原则，就可以开始筹备分支机构。"原则问题坚决不能动摇，并且缺一不可。"张维功表示。

2005年，阳光产险批设了13家分公司，其"一把手"都是从当时业内资深人员中"诞生"的。

这是保险行业的一个突破。

除了《阳光之道》中的机构发展"四大原则"，公司还推出了《分支机构管理办法》，系统地描述了机构筹建和发展规划等内容，他们称之为"四定"原则：一是定"盘子"，即确定该机构的设立规模及经营计划目标；二是定"责任"，明确机构主要负责人的筹建责任及考核奖惩；三是定"指标"，确定筹建标准、时限及设备配置等关键指标，做到过程与结果管控并行；四是定"体系"，确定符合阳光文化、战略的管控体系模式。

在之后的几年中，阳光保险很重要的工作是把自己的领地扩展到中国的每一个市县，机构设立能否成功至关重要。因此，2006年1月，张维功再次详细论述了成功组建一个新机构的"八个要素"，其分别是机构建设四大原则、阳光文化先行、有效的市场策略、组建核心团队、科学规划进度、考核指标明晰、严格的成本控制和良好的品牌形象。

面对棋局，阳光产险迅速在全国保险市场布局，全力推进分支机构筹建，落子如飞。

2005年8月3日，中国保监会批准阳光产险山东分公司、江苏分公司、黑龙江分公司、北京分公司等4家分公司筹建；8月16日，阳光产险重庆、河南、上海、广东、深圳等5家分公司获准筹建。

这9家分公司成为阳光产险在中国播下的第一批种子。

各家保险公司的发展策略不同。一般各产险公司机构扩张，往往把业务重点集中在中心城市，并不注重机构的延伸。因为公司管理层相信，中心城市是主战场，如果管理幅度和管理半径在短时间内骤然膨胀，公司必然有失控的可能，带来不必要的风险，而且进入一些不发达经济区域，还会意味着成本的增加，而其回报则遥遥无期限。

它们的谨慎给了阳光产险发展的空隙。

如果把中国巨大的保险市场划分为超级竞争市场、次超级竞争市场的话，那么北京、上海、广州、深圳等几个特大型城市显然是超级竞争市场。阳光产险不但要占领这几个市场的制高点，而且要着眼于次超级竞争市场中珠三角和长三角的争夺。而对于同业所忽视的县域保险市场，阳光产险在充分准备二级机构开设和标准开设三级机构的同时，积极储备着拓展县域市场。

产险公司七八成的业务来自于车险，如果机构网络不健全、服务不到位，只靠打折和优惠是很难留住客户的。健全的网络不但让阳光产险客户数量剧增，而且这些客户后来还成为了阳光人寿的重要资源。

截至2010年5月，阳光产险已在全国设立34家省级分公司，210家三级机构，747家四级机构，其销售和服务网络遍布中国内地。

现在我们再一次与《阳光之道》相遇，因为在布局的过程之中首先要解决的是人的问题，阳光保险的初始创业团队不过10多个人，初次在北京招聘的人也不过上百人。在各地布局，需要大量的人才，人从哪里来？

企业文化的力量，首先来源于它的愿景。由于认同阳光的愿景和对员工的关爱文化，相当一批在其他保险公司任职的员工产生了到阳光保险工作的意愿。根据阳光保险的记录，从首条招聘广告的出现到阳光在各地招聘人员的过程中，向阳光保险表达跳槽意愿的员工，最高时在一家竞争对手的分支机构中占到几十人。

其次，阳光保险的企业文化和随之而来的企业经营之道，又在宏观上为这种扩张提供指向，那就是张维功表述的"集众家之长，取自我之道；聚业内人才，纳业外贤士"，以及随之而来的"一把手原则"：即在开设分支机构之时，起用有影响力的人，从而带动当地业务的发展。

认同软化环境，选择带动发展。阳光战略上的高举高打，带来了布局时的顺流而下。因为在总体上有了正确的战略，阳光保险在局部上的开疆拓土，就有了强大的推动力。很快，相当一批省份的分支机构开始建立了。

在接下来的内容中，我们可以看到一些关于阳光保险的用人原则在其商业实践中的运用和影响过程。在企业战略层面上，由于阳光保险对这些原则的坚持，以及股东层面带来的业务流量启动了整家公司的现金流量之后，分支机构的开设和营销力量的加入，使阳光保险的业务开始快速上涨。

数字显然是枯燥的，但为了看到战略和文化所带来的结果，我们还是去看一下数据。到2005年年底，在不到半年的时间里，阳光保险已经获准筹建了北京、山东、江苏、黑龙江、上海、重庆等13家分公司，其中江苏、重庆、山东、黑龙江、北京等8家分公司开业，54家更为细分的三级、四级机构获准筹建，19家获准开业。一年之内，公司的员工从10个人上升为1 000人。

由于采用了一把手原则，分公司的保费收入上升得非常快。刚刚成立的黑龙江分公司，很快在黑龙江省直机关及哈尔滨市直机关机动车辆集中保险及服务项目竞标中取得佳绩，成立数日就实现保费收入2 000万元；山东东营中心支公司则拿下了胜利油田业务竞标中最大的承保份额，实现保费收入1 500万元。

很显然，没有当过董事长的张维功和阳光保险的原始团队，在预制的那张大型保险公司蓝图中，填实了第一步。

"小公司办事，大公司办人"，中国商业界教父级人物柳传志的话，在阳光保险创业的那一步里，得到了很好的映射。阳光保险的起步，就是通过公司策略找到了合适的人，通过人找到了业务，从而迈过了第一步。

产险——集团——寿险

北京饭店位于北京的长安街上，这里向来是顶级的公司集中的区域；看上去，这个地方显然是实力和品位的象征。阳光保险产险、寿险的起步，也都在这里。

看上去一切顺理成章，一家全国性的大型保险公司，假如不是在这类地方办公，还能在什么地方呢？的确，阳光保险选择租下这个地方作为自己最早的办公场所也是因为这个道理。一家有实力的金融机构，在形象上就得满足人们的期望。而这种满足在很大程度上是由办公楼的形象来体现的。事实上，无论是国内的、国外的，在每座城市最繁华的核心地段，我们看到最多的是银行、保险等机构富丽堂皇的办公楼。

这种形象要求无疑苦了作为民族保险业者的阳光人。一方面要选择符合公司地位的地点办公，另一方面又要尽量控制成本。因此，阳光保险员工名片上那个光彩照人的北京饭店办公地址，其实是C座一个办公环境并不好的狭小空间，同时所有人都得在忍受着餐厅飘来烤鸭的美味之后，去附近一家连招牌都没有的小饭店吃打卤面。

这是阳光保险作为中国这个现代化后进国家的民族企业所必须付出的代价，因为要挤进前列，所以要有高的标准要求，而与此同时，还必须成为投入成本最低的那一个。

光靠吃打卤面和C座相对便宜的租金，显然还是没有办法达到成本最低，关键还得靠时间上的节省。因此张维功对公司筹备那段时间的记忆，现在只留下了空空荡荡的长安街和两边孤独的路灯。这场景在21世纪堵车成灾的北京实在已经不多出现，那时，当他离开办公室回头的时候，还经常可以看到员工在加班工作。作为一个市场的新进入者，只有付出比别人更多的努力，才可能获得比别人更大的进步。

这种感悟其实就是市场经济所需要的经理人信托责任的体现。不过核心团队也发现，其实人性对于奢华和舒适的追求好像与生俱来。比如在分支机构筹建的过程中，分支机构总是希望将办公地点设在城市的核心地段、希望办公室宽敞舒适一些，以体现公司的实力。但在阳光保险，这是不允许的。无论是阳光保险位于北京的公司总部，还是各个机构的办公室，都显得有些拥挤，与阳光保险的业务发展和市场地位形成了比较大的反差。但正是方方面面的精打细算，积聚成了阳光保险明显的成本优势。

公司保费收入快速上升，很大程度上取决于业务路径的选择。管理层从易入难的业务路径，在保证了股东收益、员工稳定和快速发展的同时，也是出于对行业发展规律深刻的理解。有着丰富行业经验的张维功明白，企业对于产险的需求在某种程度上是刚性的，而且经济上的承受能力也更强，相对于人寿保险，赢利周期也更可控。所以在新获牌照的保险公司纷纷选择寿险业务的情况下，阳光保险却选择了大家当时普遍不看好的财产保险领域。其实真正做好了产险业务，寿险业务也会水到渠成。在市场经济条件下，人的第一要素是社会人，除此之外就是单位人。尤其在中国，单位对于中国老百姓的影响力是巨大而深刻的。把公司触角伸入到企业和机构，阳光保险也就把未来的寿险业务抓了一半。沿着这个思路，阳光产险公司成立后的首要之义当然是健康快速发展。

张维功有一次并不经意地提出了他在筹建阳光产险初期的"如意盘算"：公司先成立产险的目的是用较少的资本金在较短的时间内实现赢利，以获得股东的理解支持，为后续的战略布局奠定基础；公司先于寿险组建控股集团是基于理顺资本控制关系，实现集约管理；集团公司迅速组建寿险是基于公司整体战略的总体安排与产险良好的经营基础的必然选择，是公司为健全集团架构、搭建综合经营平台的发展需求。

事实上，政府监管层也是乐于看到这种局面的：政府政策当然应该支持值得支持的公司；先期成立的阳光产险能否在竞争中脱颖而出，很显然也是能否得到政府政策支持的关键；同时，保险市场业务上的粗放式管理需要新兴公司的竞争来激活，这也使监管层寄希望于阳光产险这样的公司能尽快给市场以冲击。

阳光产险正是激活市场竞争的一条鲇鱼。

激活市场有时候不需要大的动作，只要在细微处下工夫。公司管理层很快在理赔程序上推出了"一张报纸、一件大衣、一瓶水"的"三个一"服务。这种听起来与保险风马牛不相及的要求，却实实在在地给阳光产险带来了业务上的发展。

有过理赔经历的人都知道，投保容易理赔难。也正因为如此，数年之后一些大型保险公司打出了"给你寻找理赔的理由"这样诱人的口号。作为新兴的竞争者，阳光产险最为重视的是口碑传播。首先把竞争传递到了理赔环节，要求所有的理赔员到出险现场查勘时，一定要带上口号里的三样东西——报纸是给客户在查勘过程中看的，大衣和水是为出险时的客户御寒解渴用的。

这种对细节的重视，除了得到口碑传播之外——人在出险时的记忆往往极其深刻，因而传播也极快，还会带来直接的效益。有一次，阳光产险河南分公司接到报案电话，说是出现了交通事故，希望阳光产险的理赔员进行现场查勘理赔；阳光产险的理赔员及时到达现场进行查勘，首先实施了"三个一"工程，并专业地进行资料核验，结果发现出险的并不是本公司的客户，而是另一家保险公司的客户，客户错以为是阳光产险。不过，阳光产险的理赔员并没有马上走开，而是积极协助客户重新报案，可那家公司的理赔员却觉得天气太冷，不愿去现场，只应付说让客户直接把车拉到修理厂再说，而且态度很不耐烦。让两家保险公司的理赔员都没想到的是，出险的客户是一家公司的负责人，最终结果是这个客户回去后就把全部保险费50多万元转投到了阳光产险。

最高监管层所要的竞争，就是这样激活的。

保费的大量流入，给公司管理层以信心，同时也给管理提出了更为精细的要求，阳光保险需要更为高级的人才。

这显然已经在公司的早期规划之中，保险业在西方的分工已经十分细致。在国内则因为教育改革的滞后而无法供应足够的人才。以精算师为例，国内优秀的精算师人才不过百人。

中国保监会主席吴定富说："行业发展与保险业人才总量不足，已经成为目前中国保险业发展存在的三大矛盾之一。"而阳光保险作为一家新公司，如今正是人才济济。对此，相关人士的解释是：阳光保险之所以拥有如此众多的人才，是因为阳光保险立足于自身培养，辅之强力猎取，关爱培养，更为重要的是为人才成长提供了宽阔平台。

阳光保险集团副总裁Chia-yan，美籍华人，拥有30多年海外工作经历，先后在好事达、友邦、安联等国际知名保险公司任职20余载；阳光产险总裁罗海平，驰骋保险业26年，经济学博士，其扎实精细的作风为业内称道；2007年成立的阳光人寿，其高管团队的"神秘面纱"揭开后，亦令人侧目：除张维功任董事长之外，其他5位小组成员均为"空降兵"。潘宏源，曾历任ING安泰人寿保险台湾分公司副总经理；台湾宏泰人寿保险公司董事长特别助理兼寿险副总经理；平安保险集团市场总监、平安人寿副总经理。宁首波曾纵横产、寿险，并转战中外资企业，营销管理功力深厚；连子智来自台湾，专注电话营销，是内地电话营销的鼻祖；张亚南是某保险集团庞大IT系统的奠基人；陈兵则是国内首批精算师之一。

凭着人才战略上的制高点，阳光保险踩实了走入大公司的门槛，可以考虑下一步的规划了。

但是专业的细分，对决策者提出的要求显然是更高的。在管理上，保险公司属于专业性分工要求很高的公司。比如说，对于产品的创新，需要精算部门在把握客户需求的基础上，通过对利率、投资收益率、事故率、成本等因素的深入研究和合理假设来完成。而保险资金进入公司之后，投资部门对于不同性质资金的运用，也极其专业化。产品设计和投资又有着必然和紧密的联系，既相关独立，又你中有我、我中有你。这要求公司的决策必须在专业分工的基础上，确保职能部门间的紧密合作。在管理上，必须保持分权和集中的最佳平衡。尤其是在涉及公司战略的董事会决策上，更要求董事们按照保险业的规律，民主议事、科学决策。

　　阳光保险的治理结构和人才优势，使得阳光保险在永续经营上，胜出多种类型产业资本介入的中外保险公司一筹。

　　阳光保险的第二步，也迈了出去。

第五章
集团化之路

多年前，"股神"巴菲特曾自豪地将自己的企业和"财富五百强"做了个比较，然后不无挖苦地揶揄道："我们之所以没有进那个名单，是因为他们不知道我们是干什么的。"然而近年来，巴菲特似乎已经解决了这个问题——他的名字频频出现在各种显赫的排行榜上，而对其所在行业的描述是一致的：保险。

1967年3月，巴菲特有了自己的保险公司。他显然已经洞悉了保险业的秘密：浮存金。此次交易的交易商说："巴菲特比全国任何一个人都更早地领悟了浮存金的本质。"

保险浮存金是指客户向保险公司交纳的保费。客户交纳的保费并非保险公司的资产，在财务报表中应列入"应付账款"中，属于公司的债务，当客户出险时，需要拿出来付给客户进行理赔。这些资金，保险公司在留有一定比例的近期理赔或支付金额后，其余的可以拿出去进行投资，而投资收益则归保险公司所有（若与客户另有约定，则投资收益按约定比例由二者分享）。

据说，股神巴菲特之所以成为股神，其实质上就是充分利用了寿险公司的"浮存金"，浮存金也是一家寿险公司的价值所在。

阳光保险的中国之道

作为一个转型国家，商业公司在中国的存在相当长一段时间内表现出高度的投机性。

从根本上说，赢利是商业公司存在的前提。但是一个志在长久的商业公司，则必须建立自己的核心能力，赢利只不过是随之而来的结果。因为长期来看，消费者的选择取决于商业公司在他头脑里的印象。只有长期在某个方面有核心能力的公司，才会稳定地赢得消费者。

在中国，转型期的特征使得公司的投机主义盛行。一方面，廉价的劳动力和巨大的市场需求使得公司在很长时间内都可轻松地获得可观的利润；另一方面，政策的不稳定性和外部竞争所带来的不确定性在中国特别严重，因此所有业者都不得不为自己的明天担心，追求短期利益、缺乏长期战略似乎是大多数中国企业的通病。所以大量的盲目多元化和转型现象充斥着工商业界，你可以看到一家公司今天在生产洗衣机，明天也许就去从事电脑贸易。国内很多保险公司也同样存在类似的问题。高层的频繁变动、战略的摇摆，似乎成了年轻的保险公司一个鲜明的特征。

阳光保险作为新公司的一员，却有着完全不同的表现。这里我们首先来看它应对政策变化的策略。它的策略是"走一步，看三步"。

从一开始，阳光保险就清楚地看到了保险业的"三步"：随着经济的发展，中国对于包括保险在内的金融服务需求将会越来越强烈，这是前提；因为金融业涉及国家经济安全和社会稳定，开放的过程将充满反复和曲折，监管也将越来越严格。需求的存在决定了产业的前途，而道路的曲折对于因投机性而进入的公司并不有利，监管则要求它们一定要合规经营。

因此阳光保险在发展战略选择上，"走一步，看三步"首先体现为先做产险，但同时为寿险做准备。早在2004年5月阳光产险还在酝酿之时，张维功就在《招股说明书》中明确提出："公司根据业务发展情况和中国保监会的监管政策，适时申请专业的寿险子公司和投资子公司，努力将公司建设成为国内一流的、有国际影响力的金融保险服务集团。"

这种战略远见也体现在其集团化之路上。阳光保险的集团化之路，是阳光保险"中国之道"的重要体现。阳光保险集团公司的成立，不仅是阳光保险的一次跨越，更是中国保险业的一次跨越。因为它的成立，背后涉及的是金融业综合经营在中国的争论和实践。

所谓综合经营是指金融机构通过金融控股公司、银行母公司—非银行子公司或综合银行等组织形式，以及通过战略联盟、市场销售协议等市场形式，同时向客户提供两种或两种以上不同种类金融业务的经营方式。

正如阳光保险核心管理层看到的那样，由于保险业所处的金融业关系国家经济安全，因此在保险业开放之后，是否可以综合经营，一直是相关人士忧虑的问题。直到2005年4月26日在北京召开的第一届"中国金融改革高层论坛"上，与会金融高官一致把以往常说的"混业经营"改称为"综合经营"，才表明监管层已经统一思想，决定开放这一领域。

相对于国内的金融业综合经营，国际上对应的方式叫"混业经营"。那么"混业经营"与"综合经营"到底是怎样的关系呢？

"综合经营不等于混业经营，因为混业经营的金融产品分类、水准都处于较低水平，但综合经营是在混业经营基础之上的进步和上升，监管也更为完善。"国发资本市场研究中心主任、中国人民大学教授张洪涛女士认为，"混业经营类似于小杂货铺，杂货铺里什么东西都有，但质量不是很好、品质不是很高。分业经营则像'专卖店'，解决了混业经营质量和专业化的问题。而综合经营则解决了降低成本的问题，更像现代化的百货大楼。"

中国人民银行研究局副局长焦瑾璞指出："我国金融业曾经经历过先混业经营，再分业经营，目前总体上还是处于分业经营，下一步应该是综合经营。"

如果不那么咬文嚼字的话，一般可以理解："混业经营"是一个法人同时经营多种业务；而综合经营则是在不同法人之间，通过股权关系、战略联盟、市场销售协议等形式，同时向客户提供两种或两种以上不同种类金融业务的经营方式。

混业经营的争议起源于它在成熟市场经济国家的实践。20世纪30年代以前，无论在大陆法系国家，还是英美法系国家，保险产品与服务基本上都能通过全能银行提供。但是，1929年的金融业大崩溃和随之发生的大约9 000家银行的破产，导致对美国全能银行模式的广泛指责。为防止金融危机的交叉传染，美国于1933年通过了《格拉斯－斯蒂格尔法案》，将商业银行业务、投资银行业务进行严格分离。1934年的《证券交易法》、1940年的《投资公司法》、1968年的《威廉斯法》等法律相继出台，进一步加强了关于银行业与证券业之间分业经营的规制，并为日本等其他国家所仿效。保险业受此影响，产险与寿险也实行了分业经营。

20世纪80年代，金融创新开始成为欧洲国家金融市场的潮流，因为新技术的采用，这种潮流又得以强化。长期实行的金融企业分业经营、分业规制政策，在金融创新的发展浪潮冲击之下，发生了松动。欧洲一些国家开始采用全能银行模式，在规模效益与竞争成本方面占有了一定的优势。与此同时，美国金融业在国际竞争中逐渐处于不利地位。

为提高在国际金融市场上的竞争力，美国政府实行了多年之久的严格分业经营制度开始冰解松动，默许甚至鼓励金融机构的互相渗透。20世纪90年代以后，国际金融规制逐步放松，金融业界的并购风起云涌。在这种背景下，为促进金融业的有效竞争，增强本国金融机构与国外金融机构的抗衡实力，美国于1999年11月4日通过了《金融服务现代化法案》，废除了《格拉斯－斯蒂格尔法案》。这正式标志着在美国存在已久的金融分业模式宣布终结，一个金融综合经营的时代重新来临。

同样，20世纪90年代以前，中国金融业采取了混业经营的模式。其时，中国经济出现了前所未有的房地产热与证券热，引发了所谓的泡沫经济。中国金融混业经营多采取金融机构子公司制，即由金融机构的子公司从事其他非主业领域的经营活动。由于金融泡沫的出现，1993年底，中央提出了"分业经营、分业管理"的金融业经营、规制原则。

1995年10月1日生效的《中华人民共和国保险法》（简称《保险法》）规定：同一保险人不得同时兼营财产保险业务和人寿保险业务。随后，国务院正式批复同意了中国人民银行《关于中国人民保险公司机构体制改革方案的报告》，中国保险业开始由混业经营向分业经营转变。到2003年，中国成立银监会、证监会、保监会三大监管机构，标志着中国金融业分业经营、分业规制的金融体制正式确立。

对保险业内部来讲，由于产、寿险在经营方式与核算方式上明显存在不同，在规制体系和内控机制不完善的条件下，实行分业经营有其一定的合理性。

2002年，我国新修订的《保险法》规定：保险公司的资金不得用于设立证券经营机构和保险业以外的企业，再次重申了综合经营的不可为。但是针对保险市场的需求与国际金融格局的变化，中国金融规制当局决定适时适度改变实行多年之久的保险分业经营体制。

但是，法律与现实之间可能会有距离，这其中也有很多是历史遗留问题。2005年，中国保监会副主席魏迎宁就指出，保险行业存在综合经营，即由一个不直接具体经营业务的集团或者是控股公司，通过设立子公司进入银行、证券、保险领域。他说，这种形式和我国目前的法律框架没有直接冲突。

而受到政策鼓励综合经营的推动，各保险公司首先开始了集团化的建设，为日后真正的综合经营奠定资产规模基础。截至2005年12月31日，国内已形成了6家保险集团，这些保险集团的保费收入占据了中国保险市场份额的75%以上。

阳光保险在2005年的最初设想，是在产险公司成立之后，争取条件尽快设立寿险公司。然后在产险和寿险公司的基础上，申请设立金融保险控股公司。当时作出这种设想，是基于政策环境的限制（当时市场上还没有批准股份制公司在没有产、寿险公司的基础上筹建控股公司的先例）及对未来发展的判断（金融业综合经营的发展趋势）而作出的一种稳健的综合考虑，张维功后来回忆说。

伏笔早已打下。2005年6月，在阳光产险的创立大会上，阳光产险设立寿险公司的决议就已正式通过。2006年4月，筹建阳光人寿保险股份有限公司的正式申报材料就送到了中国保监会。

这份材料看似不起眼，但却是以张维功为核心的公司高管层长期保持敏感性的结晶，他们从细微的政府文件口径变化中，寻找着自身跨越式发展的契机。

而这一契机就是保险业的"国十条"。2006年6月26日，《国务院关于保险业改革发展的若干意见》出台。在业内，由于其重要性堪与资本市场上的"国九条"相媲美，并且主要包含十条内容，故被称做中国保险业的"国十条"。

以国务院意见的形式对中国保险业发展的关键时期作出重要战略部署，这在中国保险业历史上还没有过。中国保险业遇到了一个重大的政策性机遇。

此时，保监会统计显示，中国保险业总资产达到1.68万亿元，全国保险从业人员达180万人，占据了金融业从业人数的40%以上。但是，与发达国家相比，无论在保险深度，还是保险密度方面，都还存在较大差距。因此，"国十条"认为，保险业发展站在一个新的历史起点上，发展的潜力和空间巨大。

"国十条"明确指出：在今后20年中国经济发展的战略机遇期中，"发挥保险在金融资源配置中的重要作用，促进货币市场、资本市场和保险市场协调发展，对健全金融体系，完善社会主义市场经济体制，具有重要意义"。"国十条"还明确指出"支持具备条件的保险公司通过重组、并购等方式，发展成为具有国际竞争力的保险控股（集团）公司"。

对于"国十条"的学习，张维功敏锐地感觉到，国务院和中国保监会正在积极应对综合经营的趋势，允许金融机构采取适当的方式进行综合经营探索。而对于阳光保险来讲，直接设立保险控股公司——这是一个千载难逢、机不可失的历史机遇：实现产、寿险综合经营，从而跨越现有的产险控股寿险的一般操作模式，在更高起点上搭建更好的平台，实现资源共享。

伦敦商学院战略及国际管理教授加里·哈默尔在《竞争大未来》一书中指出，企业必须打破旧有的思想框架，以积极开放的胸怀去思考、接受不同的经营架构，把握未来趋势、建立战略架构、组织核心能力，从而在创新中掌握竞争优势。

阳光保险决定改变策略：暂停在产险公司下设立寿险公司的方案，先申报控股公司。按照工商部门的有关规定，控股公司的子公司达到5家以上，就可以叫"集团公司"。

2006年7月25日，在"国十条"出台不到一个月的时间里，或许当很多保险公司还在学习文件精神的时候，阳光产险已经向中国保监会提交了《关于公司发展战略和设立寿险公司的请示》，拟在组建寿险公司的同时，搭建公司的控股（集团）战略平台。因为前期的沟通和铺垫，股东单位与管理层意见也高度一致，全体董事及各股东单位没有任何争议地一致同意设立阳光保险控股（集团）公司。很显然，在把握政策机遇方面，阳光保险提前上了车。

2007年3月20日，中国保监会主席办公会研究通过了关于同意阳光公司筹建保险控股公司并同时组建寿险公司的方案。阳光保险上下十分兴奋，并在内刊中发表祝贺评论："这对阳光公司及全体员工来讲是一件大事、是一件大好事，它是公司实施集团化战略的关键一步，是公司预想的公司战略实施的一种最佳选择，也是公司2007年总体经营目标和战略追求中'集团化战略取得实质性进展'的关键一步。"

改变原先在产险公司下设立寿险公司的设想，而把阳光保险改成阳光控股集团，在集团下设立寿险公司，看起来只是公司架构的调整。但实际上，这为整个阳光保险在未来的发展预留了空间，完成了同行业其他一些公司10多年都没有达成的心愿。

2007年4月26日，阳光产险向中国保监会提交了正式筹建申报材料；5月17日，保监会批准筹建阳光保险控股股份有限公司；6月27日，阳光保险成功领取了工商营业执照。从获得批筹到正式成立，在短短的36天里，不但阳光控股需要的资本金悉数到位，所有筹建工作也全部完成，而且一次性通过了保监会的验收。接下来的事情更是顺理成章：2007年12月17日，由阳光保险控股公司发起的阳光人寿正式成立；2008年1月23日，阳光保险控股公司正式更名为阳光保险集团股份有限公司。至此，阳光保险集团已拥有阳光产险、阳光人寿两家全国性保险公司，产、寿险综合经营平台搭建完成。

"这标志着我们成功跻身国内知名且最具成长力的新兴保险公司行列，并迅速走上了集团化发展之路，成为国内七大保险集团之一。"张维功表示说。

为此，阳光保险内刊《阳光保险报》上的一篇文章不无激越地指出："阳光保险获批设立控股公司并同时筹建寿险公司，这是中国保监会成立以来史无前例的一次决策；而且更重要的是，阳光保险设立控股公司可以更好地在金融业综合经营趋势中把握先机、争取主动，从而获得更多更好的发展机遇。而我们能够在2004年以来每年一个台阶的大发展，这不是随波逐流、朝令夕改的投机主义，而是自公司筹建以来执著追求的实际表现。'光荣的桂冠从来都是用荆棘编织而成，胜利的花环从来都是属于那些迎难而上的人'。"

"如果说阳光公司有三个重要标志的话，第一个标志就是阳光产险平台的正式搭建，第二个标志是集团化战略的实施，第三个则是未来的上市。"张维功说，"我认为第二个平台的意义比第三个更加重要，因为上市只是公司的价值体现，是一个必然的结果。但是要搭建这一平台非常不易。"

这个看似合理的举措，在顺利的筹建和设立过程中，都曾遇到过难以抉择的问题。

2007年6月27日，阳光保险控股股份有限公司成立了，注册资本13.5亿元人民币，主要由中国石化、南方航空、中国铝业、中国外运、粤电力等五大股东发起设立；而同时，阳光产险也是主要由以上五大股东发起设立。因此，虽然形式上是母子公司，但实际上从股权角度看都是"兄弟公司"。

在控股公司成立后，如何理顺阳光控股公司与阳光产险之间的关系，从而变成实质上的母子公司，这不但是集团化本身的需要，也是监管机构十分关心的问题。

当时市场上普遍的做法是采用"现金出资"方式，也就是说控股公司用现金收购目标公司现有股东持有的目标公司股份；而目标公司的股东则以其收回的现金再重新投入到控股公司（相当于对控股公司增资），从而完成股权的理顺。这样做不但十分烦琐，而且资金转移的过程会占用很多成本，而且具有一定的不可控性风险。

另外的一种方式是股权出资，即目标公司股东以其持有的目标公司股权作为对价，直接认购控股公司的股份，无需占用资金，并可以一次性解决股权方面的理顺，降低了操作过程中的风险。但这种操作方式需要各环节紧紧相扣，因此必须制定一揽子方案。当时，虽然对这种操作方式，法律法规方面并无限制，但国内的相关行业均无此类先例，工商管理部门此前也没有遇到过类似的案例，因此也没有相应的操作细则。

"根据《中华人民共和国公司法》（简称《公司法》）、《中华人民共和国保险法》（简称《保险法》）等规定和律师出具的法律意见书，可以通过股权出资形式进行投资并理顺股权关系。本项目的股权增资行为在法律上、技术上、操作成本上均具有可行性。本次增资在法律上无障碍、没有违反法律法规的禁止性规定。本次用以增资的股权权属完整，不存在质押或被法院冻结等限制性条件或潜在纠纷，可以用来投资。同时，本次股权出资无需大量的货币或其他资产的投入，可以避免一次性投入大量资金而造成的资金闲置所带来的损失，有利于保险公司集中精力加强自身管理和业务发展，从而促进保险业的做大做强。"这是阳光保险内部在论证股权出资方案中的一段结论，论证可谓周密。

"我们对股权出资方案进行了认真详尽的论证，经过与监管机构、工商部门地充分沟通，最终使得'股权出资'这一方式得以通过。"具体负责此项工作的阳光保险集团副总裁王德晓说："这样做不仅优化了我们的资金流结构，更重要的是为如何理顺控股公司与子公司之间的股权关系树立了成功的样板。"实际上，采取此种方式，在2007年资本市场火爆的大背景下，阳光保险至少节约了6 000余万元人民币的资金成本。

阳光保险集团的成立，标志着阳光保险的集团化发展战略取得了实质性的进展。目前，阳光保险集团旗下已有产险、寿险等多家子公司，形成了集团公司的基本构架，比战略预期提前了三到五年。

但是，张维功依然十分冷静而淡然，"获准筹建控股公司和寿险公司，这仅仅是阳光创业史上迈出的新的一步"。

七雄局

如果把保险业的竞争看成一个局的话，阳光保险就是进入此局的一个后来者。1979年11月19日，停办20年之后的中国保险业再度启程，中国人民保险公司再度成立；此时的中国保险，确切地说其实只是中国人民保险公司一家公司的生意。不过，人保独家垄断的时间并不算太长。

1986年10月，恢复组建的我国第一家股份制银行——交通银行在开业后不久，就率先组建了保险业务部，开展保险业务。1991年4月，交通银行保险业务部按分业管理的要求而分离出来，组建了中国太平洋保险公司，并将总部设在了上海。中国太平洋保险公司是改革开放以来第一家总部设在上海的保险公司。

1988年3月，经中国人民银行批准，由深圳蛇口工业区招商局和中国工商银行深圳信托投资公司合资创办了我国第一家股份制保险公司——平安保险公司，总公司设在深圳。

回顾整个20世纪80年代，尽管中国保险行业已经开始苏醒，但是仍然处于"冰河世纪"。不仅规模小，主体少，而且业务单一，经营落后。当时保险整个行业的规模甚至不及四大国有银行一个分行的资产规模大。

1995年10月颁布的《保险法》规定：实行分业经营，同一保险人不得同时兼营财产保险业务和人寿保险业务。此后我国批设的保险公司均按分业经营的原则设立。但在此之前，已有中国人民保险公司、中国太平洋保险公司、中国平安保险公司、新疆兵团保险公司等4家综合性保险公司。1996年，人保率先实行分业经营，一分为四拆成中国人保、中国人寿、中国再保险、中保国际等4家公司，分别承接老人保的产险业务、寿险业务、再保险业务和国际业务。此后，新疆建设兵团保险公司将原有寿险业务消化后，成为专营财产保险业务的新疆兵团财产保险公司。2001年，太平洋保险公司以中国太平洋保险（集团）公司全资控股中国太平洋产险和中国太平洋寿险的模式，完成产、寿险分业经营体制改革。

基于政策限制等客观因素，中国保险业的前六家集团公司均是由成立15年以上的老公司改制而来，其中中国人保、中国人寿、中国再保险集团、中保集团等4家公司均是在原来国有独资企业基础上改制形成的控股集团公司，具有浓厚的行政色彩；而其余两家公司（中国平安、中国太保）则是在20世纪80年代末90年代初设立的保险公司，并在1996年之后我国金融市场整顿要求产、寿险分业经营时组建的控股（集团）公司。

此外，再加上阳光保险集团公司，构成了国内保险业的七大集团。

而如今的中国保险业中，以上七家集团可谓傲视群雄：中国保险业的上市公司均出自它们旗下，合并总资产、净资产和保费收入均占行业总规模的75%还多，对行业发展起着主导作用。

但在这个局中，阳光保险集团只是一个"新兵"，也是一个"小兄弟"，它将如何认识自己、发挥优势呢？

新公司"相对论"

到现在，我们可以完全看出张维功当初对于股东选择、公司文化和区域分支机构负责人的选择方面坚持自己原则的原因。阳光保险的公司治理结构和公司文化对于公司长期发展的保障以及一系列公司内部策略，增强了员工的信心和长期发展心态，进而在人才引进、业务发展、保持公司利益和客户利益的平衡方面表现出强大的优势，在公司融入社会方面，也起到了相当的作用。由于对股东的精心选择，阳光保险避免了股东追求短期利益、高管与股东之间不信任、公司经营缺乏长远规划三个陷阱；由于对公司文化的坚持，尤其是对公司员工关爱的坚持，阳光保险成为大批优秀人才向往的"行业圣地"，很好地解决了公司发展与人才不足的矛盾；由于对分支机构负责人的严格把关，使得分支机构在快速发展的过程中不偏离方向。

保险业是个大产业，它包括了大兵团的营销作战、高频率的资金流动、巨额的投资和随之而来的风险与管理挑战，这些挑战都需要核心高管层卓越的洞察力和领导力来应对。

面对挑战和竞争，张维功提出"集众家之长，取自我之道"的理念，一步步胜出。

时至2008年，竞争的优势已经形成并呈现扩大之势。张维功说："此时我听到的声音，都是新兴公司的人说，阳光保险在哪些方面做得比我们好。公司员工的反应，则是我们在哪些方面还做得不够。"

这句话完全印证了国内商界教父柳传志的说法："在企业的运行中，如果别人有鸡那么大，我们有鹅那么大的时候，你不会听到别人的赞美之声，只有你长到大象那么大的时候，别人才会自愧不如。"

当阳光保险成为保险业的七雄之一的时候，竞争变得更加复杂。在和这些大公司竞争中，任何一个对手都不可小视。除中国再保险处于垄断地位的再保险角色外，中国人保长于历史带来的知名度和稳定性，中国平安的市场动作与阳光保险一样灵活，而且因为历史更久而积累了更为雄厚的财力，中国太保在企业客户中地位稳健，不仅同样熟悉国内市场，更受到海外市场的支持。

阳光保险做到了从无到有的快速成长，在群雄并起的春秋时代站稳了脚跟。那么在大国纵横的战国时代，它又将怎样寻找自己的竞争优势呢？

　　在张维功的眼中，阳光保险和其他新的公司一样，都具有共性的特质，同时呈现出共同的优势，一是"新则新"，二是"晚即早"，三是"小即大"。

　　"新则新"是因为新公司一切都是从零开始，员工新、事情新、气象新。"就像一个活泼可爱的儿童天天都在成长，就像早晨初升的太阳，清澈明亮，充满希望。"张维功用诗歌一般的语言毫不掩饰地描述着阳光保险的未来以及对它的期许，"每一天都有新面孔，每一天都有新突破，每一天都有新感觉，我们仿佛身上流淌着更加新鲜的血液，注入了生机和活力。我们要在崭新的平台上组建一支崭新的队伍，谱写公司全新的篇章。"

　　新公司的共性优势之二是"晚即早"。"新公司的概念是一个时间概念，"张维功认为，"晚，也是一种巨大的优势。"其依据不无道理。改革开放后，中国保险业恢复经营。但是在长达10多年的时间里，一直只有一家公司垄断着保险业的经营活动。垄断，意味着落后和封闭。20世纪90年代，保险业开始对外开放，尽管期间取得了巨大的成绩，但是由于缺乏经验，无论是政府还是经营主体，都是摸着石头过河，因此走了很多弯路，甚至付出了惨痛的代价。

　　一家新公司的巨大机会是可以站到巨人的肩膀上，总结经验，汲取教训，在业务发展以及管理创新等诸多领域减少尝试的时间。即便是个新手驾驶着一辆普通的汽车，若是在高速公路上行驶，其车速也远比一个技术娴熟的司机驾驶一辆名贵的汽车在山间小道上快很多。

　　抓住历史机遇而成立的阳光产险无疑站在了整个行业的肩膀上，况且张维功还是个老司机，而且从其公司治理结构来看，阳光产险也是一辆价格不菲的跑车。老司机、名牌车、笔直的跑道，它的速度自然值得期待。

　　新公司的共性优势之三是"小即大"。相对于"老三家"的固定资产、业务规模、市场份额、员工数量等指标而言，阳光产险显然是家小公司。听到这样的议论，张维功用他简单的"方程论"作了解释：小，就是把我们当做了分子，把整个行业当做了分母，因此我们显得很小。但是如果我们把行业当分子，把自己当分母时，我们有多大呢？如果我们再扩大分子，把现在行业的市场存量再加上将来的市场潜量当分子，那我们又有多大呢？

初中一年级的学生都要学习"方程式"，因此，一般正常人都可以轻松地理解张维功的"方程论"。自然，他的同事们看到了公司巨大的发展空间，明白了自身业务以外的市场都是可以竞争的地方，显然新公司的优势比大公司大得多，信心也由此而生。

阳光保险除了新公司都具有的共性优势外，还具有一些明显的个性优势和潜在优势，如阳光文化、公司治理、IT系统、多元化人才等优势。就人才优势而言，一家老公司的员工很少流动，素质、结构很难改变。阳光产险由于需要不断地增加员工，不断地使用新人，因此可以合理布局，优化人力资源配置，促进员工素质不断提高。而品牌优势在于，老公司的品名、品牌大家都很熟悉，想改变就很难。相对而言，阳光保险的品牌潜在优势巨大，尽管客户并不知道，但是起码没有坏口碑、坏印象，比印象差的品牌要好得多。同时可以按照阳光文化的理念去塑造有风格、有灵魂、有生命的品牌。张维功有关阳光保险的优势论，难免让人想起毛泽东的《论持久战》。

视角不同，思维迥异。在阳光员工的心中，阳光保险是一家新公司，但俨然已是一家不可小觑的大公司。

第六章
阳光新势力

公元1世纪时，罗马的一个宗教组织规定，参加这个组织的会员必须缴纳一定数额的入会费。当他死亡后，他的遗孤就可以领到一笔丧葬费用。如此一来，这些宗教成员就可以安心传教了。

中世纪欧洲的"基尔特"组织是由一群基于互助扶持精神、职业相同的人成立的团体，除了保护会员职业上的利益之外，也对其会员的死亡、疾病、窃盗、火灾等灾害，共同出资救济。

最早的人寿保险雏形即源自于此。

一个大胆的设想

"在中国这片土地上发展保险业，尤其是发展寿险业，全世界任何地方都没有如此的空间和机会。"2007年9月24日，张维功在一次会议上对尚处于筹备期的阳光人寿全体员工绘声绘色地讲述了中国寿险业这块蛋糕的色、香、味。

事实上，自1840年鸦片战争以来，西方的保险公司就开始对拥有庞大人口数量的中国保险市场发力，它们"企图"通过各种路径分享这块"蛋糕"。在它们的眼中，这样的"蛋糕"甚至比一个口岸的地盘更符合它们的胃口。AIG的前任董事长格林伯格之所以用20多年的时间不停地飞往北京，其中固然夹杂着他对公司起源地上海的情感，但是他同样闻到了中国寿险市场"蛋糕"的奶油香味，并最终捷足先登。

改革开放，中国的大门徐徐打开，寿险市场很快吸引了全世界投资者的目光。任何一个投资者都对这个拥有13亿人口、经济高速增长、消费能力不可思议的市场而垂涎三尺。

这也是为什么每个进入中国的外资保险公司和新兴的中资保险公司都会不由自主地把目光投向寿险业务领域，为什么每家保险公司都把寿险业务当做市场中最大的"蛋糕"的根本原因。

瑞士再保险公司曾经公布了一组被广泛引用的数据，2006年，保险深度（保费收入占GDP的比例）的世界平均水平为8%，中国仅为2.7%；保险密度（人均保费）在中国为47美元，而世界平均水平为512美元，相差极为悬殊。瑞士再保险公司的核心业务是为全球客户提供风险转移、风险融资及资产管理等金融服务，亦是世界上最大的人寿与健康险再保险公司，其数据在全球保险业都具有相当的权威性。

在国内首份跨行业理财报告《2007中国金融理财报告》中，国务院发展研究中心金融研究所副所长巴曙松博士提出，从2006年开始，中国理财市场的发展已经进入黄金十年。保险、银行、证券、基金等作为理财市场的主角，它们的春天已经到来。与欧美寿险市场目前已处于支付阶段，保险公司需要承担大量的后期给付的情况相比，中国的寿险市场刚刚起步，正迈入黄金期。根据保险深度进行测算，这一阶段将持续15年以上。

中国的寿险需求正处于历史的高峰期。

张维功当然不会放过寿险这个机会。但与很多公司不同的是，从筹建阳光保险开始，张维功就对寿险这枚棋子进行了精准的定位：

用1年左右的时间成为集团最主要的业务增长亮点，用3年左右的时间支撑起集团的半壁江山，用5年左右的时间成为集团最重要的业务和价值基础，用10年左右的时间成为集团的价值核心。

这是一个大胆而现实的设想。

寿险是保障社会稳健成长的基石。因此2007年的国内保险业改革继续紧锣密鼓地开展着。显然，中央政府和保险业的最高监管层期望通过政策的支持发挥寿险在构建和谐社会以及拉动内需过程中的应有作用。

利好政策连续出台。2006年，政府出台了支持保险行业发展的三大政策性文件：《国家税务总局关于保险营销员取得佣金收入征免个人所得税问题的通知》、《国务院关于保险业改革发展的若干意见》和《中国保险业发展"十一五"规划纲要》。征税方法调整后，前者让保险营销员取得的佣金收入不必再缴纳个人所得税，卸掉了他们业务成本中一个沉重的包袱，这使得他们的收入大幅度提高。后者，在深入分析保险业存在的问题和面临形势的基础上，提出了"十一五"时期保险业发展的总体思路。至于《国务院关于保险业改革发展的若干意见》，其重要性堪与资本市场的"国九条"相媲美。

强劲的政策东风表达了中国政府集中各个方面的社会资源推进保险业发展的意愿。对于寿险，阳光保险核心管理层的看法从来都是一致的——要尽全力去发展。但是阳光保险看到的，别人也看到了。因此寿险无疑将面临残酷的竞争，阳光保险将如何做到在所谓的协同中快速崛起？

寿险新局

2008年2月13日，正月初七，张维功和几位高管在阳光人寿办公区域的电梯口向员工派发了利是封。"利是"又称"利事"或"利市"，为大吉大利、好运之意。对阳光人寿而言，真正的新年"利是"是中国保监会在年前通过了他们设立分支机构的批筹文件。这一年是阳光人寿的元年。阳光保险航母的一支新的舰队开始起程了。

发完"利是"之后的当天，张维功就主持召开"阳光人寿首批在筹分公司开业推动会"，宣布北京、湖北、湖南、重庆、广东、陕西6家分公司的筹建工作即将开始。

此时，中国寿险业正处于群雄并起、烽火连天的时代。

2007年，中、外资保险公司共获保监会批筹各级保险机构177家，批准开业23家。根据中国保监会对保险公司筹建分支机构申请的公开批复，在177家获准筹建的分支机构中，产险公司获批73家，寿险公司获批104家（包括健康险公司）。

在地域上，江苏作为保险大省仍旧受到格外重视，有12家寿险机构和4家产险机构落户，位居各地之首；其次，在北京筹建8家寿险机构和4家产险机构，深圳筹建7家寿险机构和2家产险机构，上海筹建7家寿险机构和6家产险机构；浙江、安徽和河南这些占有经济优势或地域优势的省份也吸引了不少保险机构设立省级分公司。相对而言，在东北、西北和西南地区省份，保险机构扩张步伐要缓慢一些。

机构新设速度最快的首推刚刚开业不久的实力强劲的新公司，如当时成立尚不满一年的中国人寿财产险公司，正处于机构铺设期，且有充足的资金支持，2007年一年批准筹建的新机构达11家之多，且全部为省级分公司。以"海归"角色进入中国市场,且有着不可比拟的银行优势的中银保险更是一口气开设了12家分公司,气魄非同一般。

此外在2007年有增资扩股举动的公司,在机构筹建上也不吝啬。

阳光保险的动作似乎更快更麻利一些。2008年3月14日,阳光人寿北京分公司对外营业。从此,阳光人寿分公司开设的消息就频频出现在媒体的报道中。从北京分公司开业,到12月12日天津分公司开业,一年的时间里,阳光人寿开设了15家分公司,内外勤员工迅速增加到10 000多名,提前完成了全国战略布局,并在中原安徽和西部城头堡重庆、成都等战略制高点成功着陆。就机构数量而言,它在保险业"第三集团"中已经呈现出超越之势。

"在任何时期,我们都要刷新所有同业公司同期价值发展的历史纪录。"2007年当张维功如此表述时,有的管理者曾经一度认为他的想法不可思议。但是,2008年年底,他们交出了一张年终考试的成绩单,首年期缴标准保费遥遥领先于同期开业的公司。"2009年的今天,我们做到了,我们刷新了行业纪录,用一年左右的时间的确成为具有成长潜力的寿险公司"。

阳光人寿的答卷不只是表现在快速增长的机构数量和业务规模上,而且还表现在寿险行业中另外一个重要指标——期缴业务保单继续率。保单继续率是寿险业务中一个非常关键的指标,它是指期缴型保险单的次年保费缴费成功比率,其高低一方面标志着客户对公司产品与服务的满意程度,更直接决定保险公司的赢利水平。阳光人寿的这一指标也在行业里名列前茅。

阳光人寿如此之快的动作,不免让人生出一个个问号。阳光人寿一年之内布设机构的数量达到15家,是不是太冒险了一些,管理能跟得上吗?开业机构的成功有保证吗?面对种种猜测和疑问,张维功显得十分淡定,他表示,公司的治理、公司的文化、公司的战略是一流的;员工的信心、员工的干劲是毫无疑问的。但是,公司整体的创新执行能力与员工素质的提高是当下及未来面临的艰巨任务。至于近期，特别重要的工作是在快速发展的同时，强化经营规范，规避风险。对此，泛太平洋管理研究中心董事长刘持金评价说，张维功不但经常给自己泼冷水，而且带头"冬泳"，可见他始终保持着清醒的头脑。

事实上，这些答案还存在于当初张维功和宁首波在第一次见面时长达六七个小时的谈话之中。

作为资深保险人的宁首波，原来是天津一所大学的保险学教师，下海从最基层的保险业务员做起，身经百战，在中资和外资保险公司一干就是20年。在当初筹建寿险公司的那一场谈话中，宁首波告诉张维功，根据他的从业经验，寿险与产险在布局上可以有所不同，尤其是在对机构负责人的选择标准上。两人一致的观点是，寿险机构需要大胆起用有扎实基层工作经验的年轻人。

在某种意义上，快速布局的阳光人寿，正是在这种策略下进行的。大量拥有直接一线工作经验和激情的年轻干部因为对阳光文化的认同而加入，使得阳光保险的寿险业务充满了活力，形成了对寿险市场强大的冲击力。

当然，除了人才任用方面的独到之处外，更为重要的是，阳光在铺设产险机构时所积累的机构建设经验以及早期进入市场的产险机构给了寿险极大的支持，这使寿险机构在诸如场地租赁、与当地政府和监管部门的沟通、专业人才的招募等方面都表现出比其他新设寿险公司更大的优势。站在集团的平台之上，阳光人寿无疑等于站到了一个小巨人的肩膀上，天生就已经具有文化、集团平台等诸多优势。

企业战略上的几句话，在现实中往往有非常鲜明的事实映射。

2008年3月，王晓明以阳光人寿浙江分公司筹备组组长的身份只身一人从北京赶赴杭州，准备筹建工作。

"我们全力支持寿险公司的筹建。"阳光产险浙江省分公司总经理费一飞一见他，就开门见山地明确表态。随即，一份《关于要求各中心支公司全力协助阳光人寿浙江分公司做好机构筹建工作的通知》的工作联系函，便张贴在了阳光产险浙江省分公司各机构的公告栏上，通知要求各分支机构要在发展规划、机构负责人人选、场地选址和后勤保障等方面给予寿险公司全力支持。王晓明临时办公地点也设在了产险公司的办公场地，电话、电脑等办公设施一并配备齐全。

阳光产险"兄弟般的友谊"助力，使寿险公司的筹备进展异常顺利。阳光人寿台州中心支公司筹备组"拎包入住"同是产险的办公区域。寿险普陀支公司筹建时，产险也正在筹建，双方干脆搬到了一起，同址办公。

"这样做，即便利了产险业务员交单，增加了人气，同时也提升了阳光保险的品牌形象。"

兄弟同心，其利断金。自2008年7月开始，寿险浙江分公司开始代理产险业务，产、寿业务交叉销售项目随即启动。阳光产、寿险整合各自资源优势，携手作战，不但降低了成本，而且促进了各自的快速发展。产、寿险深度合作最大的好处，就是彼此都有广泛的客户资源，如能充分利用、资源共享，可以带来更大的业务增长。浙江产、寿险分公司领导自一开始就清醒地认识到了这一点，并且不失时机地极力促成。自寿险公司筹建以来，双方领导就经常相互会面，商讨业务交叉销售事宜。一开始，业务启动得并不是特别顺利，前几个月的业务量也非常少。然而磨合期过后，从2008年11月开始，业务有了明显的增长；12月，实现了5万元的月平均销售额。这虽然还只是很微不足道的数字，但却给两家公司日后的综合开拓打下了很好的合作基础。

做实寿险

阳光的寿险业务一旦成形，核心管理层的高管们就更加忙碌了。

要把产业上的一步先转化为步步先，其关键还在于做实队伍。而在阳光人寿成立后的两年中，高管们为此奔波。

此时的阳光保险，强总部的运营管理模式已经完全成形。凭借领先的IT系统，总部对于保单、资金管理已经形成了强有力的支持和控制体系。强大的总部运营体系使得分支机构可以专心于业务拓展，对于寿险业务尤其如此。

为未来可能的风险买保障，对于企业组织来说，这是一个必要的手段，也已经成为企业经营者的共识。但为一个人未来可能存在的风险买保障，对于刚刚从传统的计划经济中转型出来的家庭和个人来说，观念转变之大可以想像。

正因为是这样，寿险发展的首要任务是改变人们的观念。大量保险营销员群体的出现，正是起到了帮助整个社会转变观念的作用。当然营销队伍的规模和质量，也成为寿险公司赢得客户、赢得市场的关键。

如何建立一支符合客户预期、符合阳光要求的营销队伍，成为摆在管理层面前的第一挑战。

以张维功为核心的公司核心高管采取了多项对策，除了运用薪酬制度、培训体系、产品等传统的手段外，就是将阳光文化转变成营销队伍建设的利器。

大量的工作围绕着这个总目标展开。核心管理层2008年的工作重点就落在了寿险业务第一线。把集团强势的文化复制到寿险领域，这是阳光保险从产险稳健运营到寿险永续经营的关键一步。在这个过程中，张维功和核心管理层大量出现在第一线，他们每月有1/2～2/3的时间，都在各地出差，加强员工队伍的稳定、公司文化的传播。

寿险公司文化最早开始显现集团文化的迹象，出现在2007年11月。

"如果有人问我，你愿意与阳光保险一起患难与共、共同成长吗？我一定会慎重地回答他：我愿意！"

此时是阳光人寿举行其去掉"筹"字后的第一次全体员工大会。"阳光，我愿意。"女员工孙秀玲借用西方婚礼仪式上牧师询问新人的话表达了自己的心愿。

"秀玲，我也愿意！愿意与所有阳光人寿的伙伴一起，在风雨中做事，阳光下做人！"当时在现场的潘宏源机智地捕捉到了这句话，走上台去"深情款款"对孙秀玲说。很快，"我愿意"成了阳光人寿职场中一个流行词，被员工频繁使用着。

这虽然仅仅是一个场景，但出现在公司运作中，却殊属不易。在转型期的中国，尤其是到了21世纪改革进入深水区之后，未来的不确定性正在增大，新生的商业组织面临的挑战也在增大。外界的这种变化，一方面带来员工对归属感的需要，另一方面也使得作为企业人的员工对职位、薪酬要求的压力正在与日俱增。作为一家新兴的商业性公司，阳光保险在竞争的过程中需要员工的稳定和归宿感，以敬业和认真做好长期竞争的准备，这也是处于竞争中的企业可以与员工达成共赢和永续经营的前提。发生在阳光人寿公司的这一幕，正是一家商业性公司良性循环的开始。

"大多数情况下，一家公司和它的竞争对手之间的差别就在于双方的执行能力。如果你的竞争对手在执行方面比你做得更好，它就会在各个方面领先于你。"《执行——如何完成任务的学问》的作者拉里·博西迪在他的书里这样指出。在中国，对于保险这样刚刚开放的行业，员工愿意与公司长期共存，是执行优秀的前提。

在策略和用人方面有了正确的方针之后，业绩的上升，成为必然的结果。我们还是来看看前文所提及的阳光人寿浙江分公司。

浙江分公司的三级机构舟山中心支公司成立于2008年11月18日。此地是全国唯一以群岛设市的地级行政区划，下辖2区2县，又称"海中洲"，素有"中国渔都"之美称。

自2008年11月18日开业，两个月内，其个险新单标准保费达到了

127万元，2009年第一季度，该机构个险业绩依然保持着三位数的承保标保，并于2009年3月份再次刷新了由自己保持的历史纪录。在不足半年的时间里，该机构跃居当地市场前三甲，创造了当地市场的"阳光神话"。2009年度，该机构成为了阳光人寿全系统首家达成标保千万元的三级机构。

作为阳光人寿浙江分公司的一家三级机构，舟山中心支公司的表现正是这几年浙江分公司发展轨迹上的一个亮点。寻觅浙江分公司的发展轨迹，可以领略到阳光人所创造的奇迹。

浙江，是一片古老、美丽而神奇的土地，也是全国沿海经济发达地区之一。经济发达地区是保险企业的必争之地。

"得浙江者得天下"，经济相对发达、区位优势明显及优越的人文环境，使各家保险公司纷纷汇集浙江，在促进浙江保险业发展的同时，也使市场竞争达到了白热化的程度。浙江的保险市场仿佛是一个赛马场，各家公司策马扬鞭，你追我赶，在这里进行着一轮又一轮的角逐。

然而，2008年下半年，阳光人寿浙江分公司却以一匹"黑马"的姿态突然从众寿险公司中脱颖而出，以惊人的速度和不俗的业绩，在当地寿险市场引起了强烈反响。

进入2009年，其个人业务发展更是有着突飞猛进般的表现，其业务增速远高于系统和同行业的平均水平，并迅速成为阳光人寿个人业务的领跑者。"阳光人寿浙江分公司良好的发展势头、稳健的风格、不俗的业绩激活了全省寿险市场，令当地同业公司刮目相看。"当地监管机构对其作出了这样的评价。从全国看，2007年9月24日，阳光人寿尚处于筹备中，当时员工仅有53人。截至2010年5月底，公司已经扩充到拥有50 000多人的庞大团队，其年度总保费和新单期缴保费已双双跃进了中国寿险领域的前八强。

后发优势

作为一个新兴保险市场中的业者，阳光人寿进入市场之时，中国平安、中国人寿、太平洋保险等行业先行者，对寿险市场的开发，已经做了相当的工作，取得了一定的市场优势。

在商业竞争中，市场的后发者，在通常情况下被视为劣势者。正如我们所知道的那样，在相当多的产业领域，后发者要赶上先发者，只能靠先发者不断地犯错误才有可能。

但是对于国内保险业，这种惯例却并不一定适用。

在渐进式开放的国内市场中，包括了保险业在内的金融产业最后开放。因此在人们的印象中，最为传统的保险业，生于计划经济时期，有着相当的政府附属机构色彩。渐次开放之后，新兴的市场主体以各种方式进入市场后，其发展趋势只存在两种可能，一种是在不完全竞争的条件下，逐步地增加政府附属机构色彩，向国有化靠拢；而另一种是更加靠近市场，更为活跃。

阳光人寿是在保险市场统一开放后进入市场的。在寿险市场中的原有主体，都不是激烈竞争中的产物，因此我们可以想见这些主体在消费者心目中有知名度，却未必有美誉度。所以阳光人寿有机会成为真正的社会器官。同时，它必须在新兴市场主体中领先，并且少犯或者不犯错误，就可能争取到新增市场份额中的大部分。

阳光人寿在快速布点，在市场上打开一个口子之后，就迅速把动作转移到做正确的事情上来。

"六线并进大营销，打造阳光价值包"，是阳光人寿在充分研究了行业发展模式的基础上，制定的价值业务发展渠道模式策略。六线是指个人、银行、团体、电话、军官和经代六大营销渠道。

渠道为王，终端制胜。美国保险业有句名言："保险是被卖的产品，而不是被买的产品"。因此如何让客户迅速地接触到产品，如何让产品在第一时间进入客户的视野，合适的渠道就成为必经之路。

尽管近年来保险公司一直致力于拓展多元化的销售渠道，并建立了银行、邮储、券商销售及互联网、电话网络等新型销售方式，使得保险销售渠道越来越宽，促成了保险公司立体化、多样化的销售渠道格局，但是在所有渠道中，由于个人代理渠道的专属性质和较高的可控制性，因此成为各家保险公司公认的核心渠道。个人业务营销渠道、营销队伍的规模和能力在很大程度上决定了一家寿险公司未来发展的潜力。

因此，张维功始终认为："通过寿险代理人销售，永远是保险的主流销售渠道。" 2007年9月23日，阳光人寿尚在筹备期间，张维功就亲自主持召开个险营销模式分析讨论会，就个险营销的有关问题与大家充分讨论，并确定了阳光人寿发展个人业务营销渠道的六个策略是：

1. 有效聘才策略：阳光文化、战略目标、利益保证、职业通道；
2. 组织管理策略：文化制度、考核淘汰、产品后援、有效培训、典型引路、指导帮助、职业生涯定位、关爱激励；
3. 组织发展策略：有人脉、有潜力、有容量、有速度；
4. 营销拓展策略：细分市场、信息支持、个人突破、平台运用；
5. 品牌产品策略：需求导向、差异创新、主副结合、多能并推、品牌包装、快速更新；
6. 客户拓展策略：争取高端、发展中端、力推大众、培养潜质。

两年多时间，阳光人寿有效人力、标准部、活动率、人均标保、人均件数和机构产能等关键指标成绩斐然；其中，重要的因素，也是阳光人寿目前最宝贵的"核心资产"，是打造"一支极具市场竞争力的高产能、高绩效的营销品牌团队"。

2010年，为保持持续的发展势头，阳光人寿引入了内涵价值指标体系，全面推行价值管理。其以价值最大化为落脚点，建立健全价值管理体系的系统，即战略管理系统、渠道管理系统、机构管理系统、产品管理系统、后援运营系统、盈利核算系统和评价激励系统。价值管理体系的推行很快见到了成效。价值管理体系的建立，促使分支机构的设立更加科学而有效率，机构运营总体质量明显提高，主力机构的贡献日益加大。

软实力

在新开放的产业中，新兴公司总是采取差异化的竞争策略。寿险作为阳光保险的新业务，为了成为新兴市场中的快速成长主体，对于差异化的追求到了极致。

在很多场景下，企业文化的力量通过核心高管层的传递之后，会形成相当大的力量。阳光人寿浙江分公司曾经讨论的"昨晚10点钟你在干什么"就是一例，该公司总经理王晓明在了解了张维功的工作日程后，形成文字在公司内传播并讨论。所谓的"昨晚10点钟你在干什么"讨论的话题是，作为公司领导者的董事长张维功晚上10点钟在工作，我们同时可以做什么呢？有意思的是，后来张维功还半开玩笑地批评他说，我们可以带动、影响大家，但不可以这样要求大家。

但由此而延伸出来的很多热情让人叹为观止。2008年2月初湖北省荆门市钟祥市的一个雪天，阳光人寿业务经理张士勇骑着摩托车在拜访完客户后匆匆往家赶，半路遇上了准备回家的乡村陈医生，平时就乐于助人的张士勇停下摩托车和陈医生寒暄几句后，便捎上他一同回家，这一捎让平时和张士勇少有来往的陈医生主动询问起了保险的事，张士勇一边谨慎驾车，一边耐心给陈医生当起了业余理财师。

一路上，从介绍公司到介绍公司产品，张士勇有问必答……两人聊得很是投机。快要到家时，突然，陈医生接到一个电话，说他刚才医治的小孩又发高烧了，病情十分严重。此时，已是下午6点多钟，班车也收班了，陈医生顿时乱了阵脚，十分焦急。看此情况，张士勇一边稳定陈医生的情绪，一边安慰他说：不要急，我送你回去，先看看病人的病情再说。风雪越来越大，结了冰的道路更是湿滑难行，平常半个多小时的路程，他们用了一个多小时才到达病人家里。在经过退烧、输液等治疗后，病人终于稳定了病情，一个多小时后，二人才又踏上了返程的路。

当把陈医生送到家的时候，已经是晚上11点多钟了。此时，陈医生主动提出希望成为阳光人寿的客户。第二天一大早，仍是大雪纷飞，张士勇冒雪如约而至，在陈医生家中签下了6 000元的少儿万能险。

2009年2月28日是阳光人寿浙江分公司绍兴中心支公司所有业务员加紧"冲单"的关键时刻，但此时业务员黄调贤住院了。开完主管会议后，绍兴本级的负责人金徐荣马上带着几个经理去医院探望。原来，黄调贤离开公司后，想到家里还有孩子等着她，归心似箭。当她骑着电动车回家时，不慎与前方路边的一辆突然停下的汽车"追了尾"，电瓶车撞上汽车门，自己也摔倒在地上。经医生诊断，黄调贤左眼擦伤，盆骨骨折，需住院进一步观察。公司的负责人很快递上新鲜水果篮和2月份全勤奖的礼品，当黄调贤听到"一定要好好疗伤，身体最重要，如果不把病疗养好不准回公司"这样的嘱咐时，她特别感动，因为经历过几家保险公司的她几乎没有感受过这样的温暖。

阳光人寿河北分公司于2009年6月批筹，在没有办公区的那段日子里，筹备组每天聚集在小茶楼里召开会议。先期到位的区经理们就在茶楼洽谈人力，凭着不懈的努力，在搬迁到临时办公场地的时候营销本部人力已经突破100人。在筹备过程中筹备人员常常每天工作十六七个小时，晚上11点之后才能回到家。"虽然身体很累，但是我们精神抖擞"，营销本部总经理何霆这样说。

筹备期间，恰逢石家庄遭遇百年罕见雪灾，一时间茫茫雪野，交通瘫痪，当时，石家庄多数单位已经停止办公。分公司总经理张新升为员工的安全考虑决定全体员工放假一天，可是，当他赶到办公区的时候，已经有100多人和往日一样开始召开早会了，很多员工是趟着齐膝的积雪，一步一步走到公司的。

如果说在阳光产险，阳光保险的公司文化还只是在背后支撑公司的发展，更多地通过改变人的行为模式来影响公司发展的话，那么在阳光人寿起步的这两年中，文化则是直接影响了公司的业务，除了上述人的行为直接影响公司业绩之外，独特的公司文化还感召了相当多的同行进入阳光人寿。

"对于我来说，既然来到阳光，这就是我职业生涯的最后一站，最后一搏，在这里我一定要做出属于自己的成绩。"河北分公司第一联合区总经理杨茹英这样表示。杨大姐今年40多岁，之前在同业公司有着丰厚的待遇，了解到阳光人寿即将进入河北市场后，她毅然选择了加盟阳光人寿。她的爱人身体不好，基本没有收入，两个孩子正处在学业的关键时期，作为家里的顶梁柱，她顶住压力说服了家里人，开始了二次创业。"人到中年是不应该再冒险从头再来，我之所以作出选择，是阳光保险的文化吸引了我，尤其是'四牢记四坚信'，给我深刻的印象，这与我在工作中的行为不谋而合，更加之阳光保险的服务力与执行力，让我觉得特别朴实。作为一名职业经理人，在事业和家庭之间，我肯定是选择事业。加盟阳光保险后我就感受到了她的朝气与活力，集体的氛围也深深地感染了我。当时领导让我筹备郊县公司，我决定要战胜自我，坚持要筹备市区营业部。"初到阳光人寿，她的营业区只有3个人，在短短两个月的时间里她的团队已经达到300人，在试卖日当天，杨大姐的营业区在分公司营业本部名列第一。

阳光人寿云南分公司的杨梅同样有着骄人的过去。2000～2008年她在"国"字号的国有保险公司工作了8年，其间她只花一年时间便成为销售精英。8年时间里，杨梅共获得：连续6年云南省销售精英；连续7年昆明市销售精英；2年全国精英等众多荣誉。然而在阳光文化的感召下，她选择了阳光保险。她的理由是阳光人寿有着自己独特和原创的企业文化，它的活力和发展潜力也是吸引杨梅来阳光的理由。阳光人寿自进入云南以来，以飞一样的速度铺设着三级机构，用人为贤、严谨认真、高效高速的企业制度使杨梅发生了变化。在进入阳光人寿之后，她成为阳光人寿的营销员团队队长，第一年个人就完成标保近13万，团队3个月业绩达85万标保，规模保费100多万。

公司文化在这里表现出真实的力量。

对于公司文化，正如张维功说的那样，商业教科书里有多种定义。而在阳光保险，阳光文化体现为人与人之间在这个特定群体中的相互关系和精神力量。这种精神力量最初以工作作风和精神在公司的核心高管身上体现，然后通过他们的身体力行和传播，成为整家公司的共同价值观和追求，形成公司的特有氛围。在阳光保险的文化氛围里，人人争先，积极坚持以公司和客户的利益为追求点，把个人的利益点放在其次。从而使得公司进入良性运营的状态，并很快在竞争中胜出。

当阳光保险最基层的员工在日常工作里表现出这样的行为模式时，在差异化的竞争中，一家属于未来的保险公司，俨然成形。

很清楚的是，在社会价值观极度多元化的当下，优秀公司的文化独立成篇，形成整个社会的主流价值观，这是商业力量对中国社会进步的重要贡献。这家新兴公司的成绩，也正是因为这种先进的公司文化而诞生的。

第七章
·
阳光模式（一）：
勇敢者的探索游戏

海尔集团董事局主席兼首席执行官张瑞敏在公司内部举行的一次互动培训课程中，面对70多位中高层经理，他提出了一个很像"脑筋急转弯"的问题："你们说，如何让石头在水中漂起来？"

　　"把石头掏空！"有人喊，张瑞敏摇头。

　　"把石头放在木板上！"张瑞敏说："没有木板！"

　　"做一块假石头！"大家哄堂大笑。张瑞敏说："石头是真的。"

　　此时，海尔集团副总裁喻子达顿悟："是速度！"

　　张瑞敏斩钉截铁地说："正确！"他接着说："《孙子兵法》上有这样一句话：'激水之疾，至于漂石者，势也'。速度能使沉甸甸的石头漂起来。同样，在信息化时代，速度决定着企业的成败。"

中国保险业里的阳光

阳光保险进入市场的时候，正是在保险业全面竞争开始之时。

审慎，是金融业市场主体最为重要的一个从业法则。但在一个发展中国家的后发产业里，从业者来说很难做到这一点。

2004年4月14日，《中国保险报》发表了一篇类似评论的文章《保险业：做大做强还是作秀》，质疑"我们保险业有多少成绩经得起实践检验和历史检验？我们有多少保险费表现的是老百姓真正的需求？保险业总资产节节攀升，但社会声誉江河日下。虽然说，商业保险公司的经营思路是企业行为，但上升到行业的高度，就要有全局意识。否则，监管部门根本犯不着苦口婆心地讲'做大做强'。"文章的出现，反映了业内人士对国内保险业当时在开放时暂时出现的混乱局面的忧心。

《保险业：做大做强还是作秀》这篇文章出现之时，保险业正站在全面开放的门槛上。但开放之后并不意味着市场环境全面好转，经过4年的发展，国内市场上共有产险公司40余家。按正常情况，一个竞争比较充分的市场，每家公司的市场份额应当相对分散。但是，对照贝恩分类方法和日本通产省分类方法，国内产险市场仍然属于集中寡头型的市场结构。直到今天，中国人保产险、中国太保产险和中国平安产险三家公司的市场份额之和依然徘徊在70%左右，产险市场的集中度偏高。

市场是博弈出来的。

在开放之后，垄断型公司利用调整业务结构的机会，抓住新公司发展初期求规模心切、管理暂不到位等弱点，主动将风险相对较高的高亏损业务推向市场，新公司如果核保把关不严，势必会吃进去、吐不出，成为烫手的山芋，导致经营的不稳定。

另外一个极其重要的因素是保险业的财务核算特点是收入在前、

成本在后，即保险公司是先收取客户保费，而赔款是后续才体现的，特别是赔付率的规律性还不被普遍认可，导致很多新开业的公司无视将来的赔付成本，只为眼前做大规模。

业内的一些陈规，直接导致这种博弈局面的出现。如2004年以前采用的是二分法（50%）提取未到期责任准备金。采用二分法的前提条件是保费在全年内均匀分布，在月均业务量相同的情况下才能提足未到期责任准备金，而一般新公司的业务量在逐月攀升，特别是有的公司还在下半年开业，提取金额更加不足。因此，开业后的前两年出现的繁荣景象，有一定的虚假成分。如果上级公司或股东单位只看财务报表，急于年年加码利润指标，就会出现寅吃卯粮的现象。毕竟，风险是客观存在的，赔款的发生是不可避免的，新公司利用保费快速增长和赔款有一定滞后性的"时间差"来完成公司的原始积累，但当速度减慢时，"时间差"会起到反作用，大量赔款就会集中爆发。

针对这种现状，阳光保险高度重视IT系统的建设，技术手段的完备使得公司根据有效保单的天数逐日计算未到期责任准备金，管理者每天都能看到真实的未到期责任情况和盈亏情况，可以及时采取措施，避免了二分法所带来的虚假现象。

更多的新兴保险公司则处于一种两难的状况之中。在公司发展的初期，很多员工会认为要规模则不能要效益、要效益就不能要规模。但这忽略了一个很重要的前提，就是不能正确地区分因保险行业独特的财务核算特点而造成的亏损和经营性亏损之间的关系。财务核算方面的亏损是因为前期投资和准备金计提所致，随着公司发展会逐渐在后期体现为利润，而经营性亏损则是"奔流到海不复回"。

但是很多保险从业人员并没有清楚认识两者之间的关系，而是片面地认为：不是我不想赚取利润，而是我不把规模做大，就无法用费用养活下面的分支机构，也无法换取一定的市场影响力，公司最终也就无法发展；目前市场已经是恶性竞争的态势，获得规模的最有效武器就是价格竞争，我只能跟随，所以只有先取规模后求效益。

这种想法看起来有一定的道理和逻辑。可事实上，这是一种赌博。赌的就是：保险公司一定有机会在某一个时点赚取足够的利润弥补以前的亏损。

从最根本上说，这就是本书前述的保险业"三年怪圈"的形成原因。理论上，公司作为一个商业机构，财富最大化是它毋庸置疑的目标。从短期来看，对于保险公司而言，降低承保条件以收取保费，用收取的保费进行投资赚钱，这似乎是一条比较好的路子。但是，从长期来看，这种急功近利的短期行为使保险公司难免进入一种恶性循环：保险公司首先利用提高承保的风险或者降低承保的保费来吸引资金，然后再利用吸纳来的资金进行高风险投资，以期得到更高额的回报，之后再用投资得来的高额回报去弥补承保的损失并继续扩大承保的范围和额度……如此循环，保险公司在财富和规模上都可以越做越大。

但就像2008年的金融危机中所发生过的情景那样，无论是实体经济，还是为实体经济服务的金融虚拟经济，一旦其中的某个环节出现了问题，对于保险业而言，比如由于承保风险过高使得投资收益无法填补亏空，或是投资失败使得资产失去流动性或投资亏损等，将产生严重的后果，轻则使得公司经营链条断裂，重则导致公司破产。

而事实上，由于全球化进程使得各国的经济体联结得越来越紧密，这种不可知的环节发生问题的可能性也日益增多。任何一个环节的问题，都可能引起风暴。举例而言，受2008年国际金融危机的影响，国内外许多保险公司的投资都产生了很大的赤字，再加上承保的持续亏空，可谓雪上加霜。

做大规模而不重视永续经营，不重视金融业所特有的审慎性带来的长期效益，是快速发展的中国经济给新开放的保险业留下的重要阴影。保险公司是经营风险的企业，风险管理的概念与一般企业有本质的区别。要培育杰出的风险管理能力，就必须使每个管理者树立"价值实现"的管理导向,以此推动实现公司的高赢利性增长。有利可图的保险营运是公司持续发展的一个关键。保险公司必须保持强大的财力以履行其保险义务,从而维持其在市场中的生存能力。

从总体上,阳光保险的核心管理层以"阳光之道"来要求公司突破。"阳光之道"要求员工把握"度"(高度、宽度、深度、精度以及关联度)。其目的是让员工突破以前的思维方式、管理方法,用"阳光思维"和"阳光标准"定位公司的管理,从而走出"三年怪圈"。

在具体的经营过程中,高管们按年度来实现对"三年怪圈"的突破。2006年是阳光产险第一个完整的经营年度。张维功对这一年的发展定位是:创新管理,强化执行,全力发展。对于保险行业而言,粗放式管理的症状之一就是不细分市场、不细分客户,只要是保险业务,只要客户有需求,就把业务拉到公司来,正所谓"捡到篮子里的都是菜"。而阳光产险一开业,就按照三个纬度对即将成立的省级机构进行了排序。所谓三个纬度,一是市场环境,二是市场容量,三是机构负责人的组织能力、管理能力以及在当地的影响力等。对三个纬度进行加权计算,排名最高的机构,自然是重点投入的区域。从此,对分支机构进行明确的区域定位,就成了阳光保险科学配置资源的指导思想之一。

对于阳光保险的这种资源配置思路,清华大学长三角研究院中国企业家思想研究中心主任王育琨表示:"对于一家要在短时间内崛起的保险企业,运用军事理论集中优势兵力打歼灭战的思想非常重要。"

2007年,阳光保险在机构进一步铺开的时候,在之前小规模试点一种叫做"红黄蓝模式"的基础上,开始大规模推广这种模式。针对前述优势公司在业务调整中有意让出的市场,阳光保险在内部推广的这种赢利模式强调以边际成本率为衡量标准,从主观上限制日益庞大的机构为了追求规模而去争抢别人不要的业务。

本章后面的内容将仔细阐述红黄蓝管理模式的内在机制。这里要说的是,红黄蓝赢利模式的实行,使得阳光保险在自身日益庞大的基础上，数量化地抓住了业务选择中的要害，有效限制了可能存在亏损可能的业务进入公司。原因很明显，核心管理层要的就是永续经营。

到了2008年，志在高远的核心管理层更是雄心勃勃地引入了研发机制。其中一个成果就是，对于蓬勃兴起的车险业务开展车险生命表研究及大规模应用。

从保险业的角度理解，车险生命表是一项数据研究。在公司三年数据积累和对国内大规模调查的基础上，对投保人分类形成表格化管理，使得基层的保险营销员和分支机构负责人可以照表办事，适量选择对投保人的投保意愿进行管理，并决定是否承保。

因此，阳光作为一家新进入市场的保险公司所面临的问题是，在营销业务上要快速发展，同时要整合队伍做实公司文化，把公司团队训练成一支强有力的执行团队，同时还要以审慎的资金运用理念小心地躲过由于大量现金流可能带来的财务漏洞，不断在前台的产品创新和后台的数据管理两个方面进行自身改造。

盯住未来

事实上，进入保险业，阳光面临着更多的机会。作为一个经济快速发展的大国，中国保险业的市场前景极大。

进入20世纪90年代以来，国内保险业驶入快车道，保费收入以每年两位数的速度增长。曾经弱小的保险机构，如今已壮大成坐拥千亿资产的资金大鳄。特别是占据半壁江山的中国人寿，目前已成为国内最大的机构投资者之一。

现代意义上的保险，已不仅仅提供风险补偿，更在资金融通和社会管理方面发挥着越来越大的作用。保险业已经进入发展新时期，新的春天正在到来。

2004年，国家允许保险资金进入A股市场，保险资金也被有效"激活"了。《国务院关于推进资本市场的改革开放和稳定发展的若干意见》为保险资金进入资本市场留出了相关空间。

2008年4月10日，中国保监会主席吴定富参加由北京大学中国保险与社会保障研究中心主办的"北大赛瑟论坛·2008"，他在发表演讲时给出了一组令人振奋的数据：

30年的改革开放带来了我国经济社会的深刻变化，也为我国保险业发展注入了新的生机和活力。改革开放之初，我国保险市场由一家公司经营，全部保费收入只有4.6亿元；到2007年，全国保险公司达到110家，总资产达到2.9万亿元，实现保费收入7 000多亿元，市场规模增长1 500多倍。

从整体上看，保险业整体实力明显增强。中共十六大以来，保险业年均增长18.2%，2007年全国保费收入是2002年的2.3倍，超过1980~1999年间20年全国保费收入的总和；保险公司总资产达到2.9万亿元，是2002年的4.5倍；我国保费收入世界排名第9位，比2000年上升了7位，平均每年上升1位。从行业竞争力上看，在全行业还有大批新公司尚未进入赢利期的情况下，2007年全行业赢利672.7亿元；以中国人寿为例，其净资产收益率从2004年的5.1%上升到2007年的16.5%，基本达到世界领先保险集团10%～20%左右的水平。

而另外一个方向，保费的资金运用是保险业的另一大"轮子"，随着保险资金投资渠道的逐渐拓宽，资金运用这只"轮子"也日益强大。2004年以来，保险资金获准"入市"、"出海"，间接投资基础设施、银行股权等领域，保险资金投资收益率也逐年提升。有关数据显示，截至2006年年底，保险资金运用余额17 785.39亿元，同比增长26.2%，投资收益955.33亿元，平均投资收益率为5.82%，创近三年来的新高。

作为产业母体的保险业，是随着经济总量上升而增长的朝阳产业。监管层引进新兴保险公司，就是引进竞争，让保险业更好地服务于实体经济，因此这是一场为达到永续经营的耐力赛跑。

　　而作为微观个体，怎样把当下和未来结合起来，就是对自身重要的考验。在这方面，阳光保险的特色在于强总部的管理模式。

　　由于保险是经营风险的行业，开放之初的丰沛现金流常常会使大量公司在资金运用上出现越界问题。客户的资金在流入保险公司之后，在公司内部费用的使用、理赔、投资三个方向上，如果不秉持审慎性原则，不经过精确的计算，未来一旦出现经济波动，出险集中的情况一旦出现，公司就会受到打击。在这个方面，阳光保险的总部在管理上采取极其强势的政策。

　　在《阳光之道》形成的过程中，公司在分支机构发展之前就形成了四大原则，除了已经出现过的"一把手原则"之外，关于稳健经营的原则占了三条，包括了"管控原则"、"市场容量原则"和"赢利原则"。在快速落子的全国性布局中，以张维功为核心的公司管理层强调四原则缺一不可，不能动摇。通过这种方式，从一开始就把分支机构与总部的权限框定清楚，保证分支机构发展快而不乱。

　　新兴公司的一大时间特点，就是IT技术手段已经可行，因此对于资金和保障条件采用技术手段管理的体系从一开始就得到了健全。张维功本人的工作记录里，每天的第一项工作，几乎必然都是翻看公司的网页，了解保费业务进展，理赔支出情况。

　　但是阳光保险在对资金流和客户权限实行全流程的同步管理之外，还清楚地认识到，技术是由人操作的，因此除了依靠技术手段外，核查和现场考察也是重要环节。除了保险公司的常规手段和部门外，随着公司规模的扩大，很快形成了"核保"文化并组建了理赔监察、合规经营、稽核、审计等风险管理部门。重点是加强经营管理和对风险的监测、预警以及控制。

　　从历史来看，中国从计划经济向市场经济转向不过30年时间，还处于市场经济的早期，但却完成了国外需要100年时间才走过的市场经济道路。因此一些市场经济的基础并没有跟上。体现在保险业，那就是种种骗保案，甚至形成了黑色经济链条。由于保险业是一个年轻行业，而保险教育又一时没有跟上，所以保险业核保和理赔人才的欠缺，使得这个行业出现了一些漏洞。尤其是在多种经济成分的新兴保险公司中，这些情况的发生更是明显。

在阳光保险，因为技术手段的运用和集权总部管理体系的形成，权限上收成为一个特色，其中集中核保是最为突出的例子。从专业意义上说，核保就是保险公司根据自身承保能力和市场环境对标的进行风险评估、风险识别和风险选择的过程；简单而通俗地解释是，核保是保险公司"风险的看门人"。这是长久以来行业内的通用解释，他们认为核保人的首要甚至是唯一的职责就是逐单审核风险。对于核保，阳光保险提出了核保分项文化"引领、支持、控制、转移"八字方针。阳光保险对核保师进行了重新定位，并赋予了它更为广泛的定义。阳光保险要求核保师要肩负起成本管控、营销规划等工作，从而在审核业务的时候达到更高的层次，即懂得"经营"业务。不仅要简单地核保，更要引领市场发展，确定市场导向；通过核保的效力、技术支持销售；核保的本质是要控制风险；转移也就是在风险发生的同时要通过各种形式把风险合理分散。

在理赔领域，由于核心管理层拥有保险业的资深经历，阳光保险使用更为技术的手段避免骗保事件的发生。在理赔查勘员的选择上，公司采用了多用新人的策略，充分信任新人，用企业文化去感染他们，形成公司内部的诚信文化，而在理赔审核上，则多采用有经验的老人，补足新人在面对骗保时经验不足的缺陷，从而达到稳健经营的目的。

把资金和风险管理的权力上收，是避免公司经营出现大波动的主要手段。在快速布点背后，强化风险管理是阳光保险公司发展的核心要素。对于永续经营来说，有了志在长远的核心管理层，同时实现风险控制，可变的因素就不多了。对员工的文化培训，就是接下来的一个核心要素了。

在集权总部管理的模式中，阳光保险的特色还在于企业文化培训体系。

中国企业文化研究会会长胡平说过，在市场经济背后，有一只看不见的手，是经济规律；同时还有另一只看不见的手，那就是企业文化。因此，谁拥有了优秀的企业文化，谁就能立于不败之地，卓越成长。对不同专业、不同岗位上的员工队伍加以培训，注入企业文化，影响人的价值观和价值判断，是企业文化形成的主要渠道。因此阳光的培训，首先是企业文化的培训。

阳光保险的文化在其早期就已经形成，但由谁来推广？美国关于这方面的学者巴萨德说："虽然企业文化是非正式的，但是高级经理们有力量塑造企业文化。因此高层管理者非常关键。"在阳光保险，首任首席讲师由集团副董事长兼副总裁张延苓担纲。自2005年9月来，阳光产险每设立一个机构，张延苓都要前往讲授《阳光之道》；2007年，阳光保险集团化后，旗下拥有了产险、寿险两家子公司，对于阳光人寿各分支机构的宣讲工作，寿险公司副董事长兼副总裁宁首波承担了该项重任。

在企业文化的传承方面，阳光保险是不考虑速度的。在最讲究速度的分支机构铺设过程中，公司管理层提出在当地监管局验收过后，总部还要对该机构实行"文化验收"，只有"文化验收"合格后才能开业。当时任产险重庆分公司的总经理金小华提出反对意见时，张维功这样告诉她："如果你想建造一条船，不要只是号召人们去搬木头、分工或发号施令，而应该让他们对广阔无垠的大海充满无限的幻想。"

这正是企业文化的要点。美国斯坦福大学查尔斯·奥雷理教授的研究结果表明，机构文化是由两个层面组成的。一个是价值观的强度，另一个是价值观的具体化，或者说是价值观在机构内的传播是否广泛。如果一家公司的价值观很强烈且具体化程度很高，那么这家公司就会拥有强势的企业文化。

对于其他新开设的机构，没有任何同业公司在监管部门验收以后还要再次验收。半信半疑的金小华参加了3天的全封闭集中培训，学习了《阳光之道》，深刻感受到总部对文化建设的要求"动了真格"：每一个员工对"是否忠实于公司的梦想"这个命题做出承诺时，都要详细地提出创新的做法，并且这些还要保存到员工的学习档案中。

"阳光文化原来是这样容易融化于员工的内心，而且能成为他们工作的巨大热情。"金小华领略了阳光文化的力量。

这正是阳光保险对员工进行企业文化培训后带来的必然结果。

不一样的阳光味道

"心智模式"（Mental Models）是伴随着美国麻省理工大学教授彼得·圣吉的《第五项修炼》的出版而让管理者熟知的一个新概念。"它根深蒂固于心中，影响我们如何了解这个世界，以及如何采取行动的许多假设、成见，甚至图像、印象。"它是一种习惯的、定式的思维模式，往往根深蒂固地存在于人们的思想中。人们通常不易察觉自己的心智模式，以及它对行为的影响。然而，心智模式一旦形成，将使人自觉或不自觉地从某个固定的角度去认识和思考发生的问题，并用习惯的方式予以解决。

在西方已经成形的大公司中，人们很容易发现的一个特点是，同一公司的雇员，由于公司文化的相同而有着相似的心智模式，他们很容易就某一问题达成一致的看法。因此公司有着很融洽的工作关系，效率也相当之高。

而在国内，当下多元化的社会价值取向决定了公司文化推广的难度之高，不同的价值取向决定了作为公司人的个体差异性很大，很难融合。

　　而阳光保险在成立之初强力推广以《阳光之道》为核心的阳光文化，就是想在公司成立之初就把阳光保险在早期艰苦创业中形成的文化，推广到其不断扩展的新员工中去，使他们形成健康向上的"心智模式"。

　　"公司的创建、起步和发展，均以文化为指引。"这是阳光的创始人张维功给出的答案，"我们在公司成立之前，就专门拿出了三个月时间，研究讨论和确立阳光的发展文化，形成完整的体系，然后用文化指导筹建工作，指导公司的初创工作。"

　　阳光保险成立伊始，就用公司文化来规范员工行为、用公司文化来进行识别，不仅在保险业里独树一帜，就是在金融行业里也绝无仅有。这也是阳光保险快速健康成长的重要原因。

　　"在很长一段时间里，人们对于改革制度是有认识误区的。为什么要改革？是因为旧制度不合理。但旧的制度为什么不合理，却很少有人去研究。我认为原因很简单，主要是因为想改革的人没有搞清楚文化。只有大家真正地融入一种共同的文化，才能取得事业的大发展。"这就是张维功心目中的文化建设。

　　由于行业普遍的浮躁心态，把不断抬高薪酬作为完成公司阶段性目标的必要条件，这成为许多业内人士的价值取向。张维功一个鲜明的观点是，打造最具品质和实力的保险公司，不仅要有冲击力，更要有耐力。阳光的发展速度要成为阳光的一种特质，实现的路径是"精神＋物质"，而绝不是"物质＋精神"。

　　一个人、一个组织，如果没有一种精神，仅靠物质和利益是不可能干一番事业的。尽管这是路人皆知的道理，但是如何转化为日常的职业行为，仍然是一道难以破解的题目。

　　张维功的设想是，"如果我们的每个员工不断地改善工作，始终做得比别的公司好，就会形成巨大的进步力量，并能够凝聚成一个伟大公司所具有的特质。"为此，阳光保险把企业精神定位为"战胜自我"。

并非追求了企业精神，就忽略了员工收入和福利待遇的同步发展。阳光保险的一个目标是阳光的员工要比别的公司有更高的收入、更好的待遇，有美好的生活，但是其前提是正确的人生价值观。许多优秀的员工为阳光保险的今天感到骄傲，是因为在他们看来，只有拥有正确的价值观的企业才能永续经营。

从公司开业到现在，阳光保险有一个规定是从来不变的。每个员工在晨会上都会在主持人的带领下集体朗诵"经营训诫"：

文化是阳光之魂：阳光文化是实现公司战略的行动指南；

管理是创造价值：创造价值是一切管理的出发点和落脚点；

服务是神圣职责：我们多一点辛苦是为了基层少一些劳累；

创新是不竭动力：快速反应、大胆创新，勇做市场领跑者；

执行是职业素养：只有强力执行，发展的力量才势不可当。

到过阳光保险总部的人都会很奇怪，为什么每个员工的办公桌前都张贴着一条相同的四四方方的警示语；仔细一看原来是"岗位彻悟"，带有明显的阳光风格：

1. 再伟大的人，往往也是从所经历的岗位一点点做起。

2. 人的价值，往往体现在同样的事情做得比别人更好。

3. 人的努力，看上去是一种付出，其实是一种真正的获得。

4. 一个有出息的人，往往很少抱怨客观的不利，而是依靠自己的智慧寻找到解决问题的方法。

5. 经历过失业的人，往往才能真正体会到工作的意义。

6. 对一个有作为的人而言，最大的奖赏就是给我工作。

这种看起来很微小的细节，其实渗透着公司管理层对于文化的深刻领悟。由于保险营销需要大量人员，而保销营销员又往往来自五湖四海，职业门槛相对较低。因此在迅速的扩张中，必须强力推广公司文化。从分支机构的"一把手原则"到"强总部"的管理模式，再到文化的强力推广，保证了阳光保险在快速扩张中公司文化不走样、不稀释。

"张维功的做法就好比农民种庄稼，他一定要选好第一批种子，因为第一批种子的基因很重要。"复旦大学品牌研究所所长余明阳说，"越是朴素的情感，就越接近真理。"

作为阳光企业文化的提出者和身体力行者，张维功以自己的工作作风，为企业文化作了最好的阐释。不仅是在筹建时期拼命工作，在公司整个运营过程中，张维功都一直保持着最大强度的工作状态，而且长期保持走到公司最前线的习惯。

我们可以来看一看2008年6月18～21日这四天中张维功的工作状态。

2008年6月18日（周三）

08：00　听取董办及物控负责人汇报集团相关工作

09：15　与产险企划部员工谈话，了解员工工作情况

11：45　产险公司员工汇报产险电销有关事宜

13：10　集团文化品牌部汇报公司VI及广告相关事宜

14：10　食堂午餐

14：30　在办公室签批文件

15：30　前往首都机场，出差武汉

17：30　飞机起飞

19：30　抵达武汉天河机场

20：00　会见中国保监会湖北监管局局长等相关领导

22：30　回宾馆，与产、寿险湖北分公司班子人员见面

24：00 查看产、寿险湖北分公司相关业务指标资料，休息

2008年6月19日（周四）

08：30 地点：湖北寿险公司 视察寿险湖北分公司，看望员工

09：45 地点：湖北寿险公司 与营销员座谈

13：35 地点：湖北寿险公司 召开湖北寿险班子会议

14：15 午餐

15：45 地点：湖北产险公司 与核保人、出单员、理赔人员以及团队负责人谈话

16：30 地点：湖北产险公司 参加由直属营业部团队队长等人组成的座谈会

17：55 驱车前往湖南岳阳

21：35 抵达岳阳，晚餐

22：15 到达宾馆，与产险湖南分公司管理层见面

23：45 地点：岳阳 召集考察随行人员召开会议

04：35 会议结束，休息

2008年6月20日（周五）

09：15 地点：产险岳阳中心支公司 视察工作，看望员工，了解情况

10：05 地点：产险岳阳中心支公司 与中层管理者座谈

14：35 午餐

16：40 驱车前往湖南长沙

18：50 抵达长沙市

19：05 与中国保监会湖南监管局局长陈杰、副局长熊志国进行工作沟通

19：55 与中国保监会湖南监管局领导共进晚餐

21：45 回到宾馆。讨论当天岳阳考察事宜

23：25 签批KOA文件，查看寿险湖南分公司相关业务资料

02：05 休息

2008年6月21日（周六）

08：45 地点：寿险湖南分公司 看望员工，了解情况

09：55 地点：寿险湖南分公司 参加营销员座谈会

13：25 会议结束，午餐

14：30 前往长沙黄花机场

18：45 抵达首都机场

19：50 地点：总部办公室 签批文件

03：00 离开公司回家

2008年已经是阳光保险开办后的第三个年头，张维功仍然保持着一贯以来高强度的工作作风；据他的秘书统计，张维功自创业以来的6年时间里，几乎没有周末和节假日的概念，每天工作时间在15个小时以上，经常工作到凌晨两三点。在阳光保险，他被称为是令人感叹的管理者。

当然张维功也不是一个人在战斗。有位副总裁一次在和张维功聊天时说，我来到阳光保险后，工作量几乎是原来的4倍；张维功则开玩笑地说，你的工作量仍然是所有总公司高管中最小的。

在阳光里创新

红黄蓝管理模式

2008年10月25日，由商界传媒联合长江商学院、红杉资本、北大纵横咨询集团等机构发起举办的"2008商界论坛·最佳商业模式中国峰会"召开，在其最佳"商业模式"评选中，阳光保险的"红黄蓝赢利模式"获得"最佳商业模式"大奖。此次入选最佳商业模式前十名的企业还包括了苏宁电器、中国动向、华谊兄弟等企业。而历届获奖

企业如联想、蒙牛、盛大、万达、腾讯、分众传媒等都已成为行业翘楚。

颁奖会议现场给予阳光保险集团的颁奖词是："阳光保险集团的'红黄蓝赢利模式'，衡量标准是边际成本率，而不是简单的赔付率。它清楚地解释了业务质量与销售成本之间的关系，避免了管理者单一的思考惯性，是公司承保业务实现效益的根本，是行之有效的赢利模式。该模式为阳光保险在经营两年多一点的时间就实现盈利做出了实质性的贡献。"

这是张维功作为一个管理者推出的赢利模式。在保险业这个古老而又年轻的行业里，一家年轻中国公司的中年管理者，已经开始了世界级的创新。

不久，红黄蓝赢利模式就升级为红黄蓝管理模式。

红黄蓝管理模式实际上是来自于阳光保险在保险业务中的实际需求和国际通行的蓝海战略在国内保险产业的灵活应用。其中蕴藏着的灵活管理的思想，是中国文化和西方管理的优秀结合。

红黄蓝管理模式的中国特征和金融业特征极为突出。由于保险业是国内需求旺盛的产业，但是其恢复经营的历史非常短暂，因此业务赢利模式并不明确，在这种情况下，阳光保险公司选择定量式的业务管理，对于在竞争激烈的情况下取得盈利，起到了至关重要的作用。

之所以认为这种管理模式是世界级的创新，是因为在全球化经济竞争的状态下，发展中国家经济发展所表现出来的不稳定性是普遍的，而对成熟市场经济国家的发展路径学习以及动态调整，是发展中国家民族企业的普适之道。

所谓"红黄蓝管理模式"是指为达成组织管理目标，以边际成本率为衡量标准，通过文化导入、人员管理、销售资源政策、绩效管理等有效手段，从根本上改变经营单位及员工的价值导向，保证客户价值实现、保证经营单位赢利的一种管理模式。

红黄蓝管理模式的内核是这样的：在阳光保险的实践过程中，由于保险业涉及的业务方向和业务区域很广，而且区域竞争状况、赔付水平等差距都很大。产险公司考核经营单位是否赢利的参数通常是赔付率和费用率。相对而言，赔付率和费用率都是比较简单的指标，赔付率是指一个时期内的赔款支出占保险费收入的百分比；费用率则指一定时期内保险企业各项费用开支总和占保费收入的百分比。因此，以往保险经营单位的管理者思考本单位是否赢利的想法十分单一。

但对于新兴公司，这种考核方式的最大问题是，没有考虑到有些分支机构开业时间晚、前期成本分摊大，费用率自然高，可能的规模效应（规模增加则固定成本就会分摊得更多）等因素；而赔付率只是一个历史的经验统计，同时也没有反映出某一类型的保险标的的赔付情况究竟如何。而利用边际成本率则可能很好地解决困扰保险公司多年的发展陷阱。

对边际成本的经济学解释是单位产出的变化导致单位成本发生变化。运用在财产保险行业的管理中，边际成本是指在短期内跟随保费量变化而直接发生变化的成本。

这是一个重大的理论性突破，历史上每次理论的突破都能带来革命性的发展。边际成本率的提出，不但解决了困惑阳光产险发展以来的迷茫，而且让其插上了飞翔的翅膀。

阳光保险的核心管理层还发现，在各种保险业务的流入过程中，以承保利润的边际成本和边际贡献为指标，可以分别把赢利、微利和亏损业务划分成蓝、黄、红三个区，根据地区、时间不同及时对业务方向进行调整。蓝区是蓝海业务，应大力推广，黄区为保持业务，而业务一旦进入红区，则坚决剔除。公司核心管理层甚至为此专门提出一个紫红区的概念，要求分支机构的管理者对紫红区的业务要停止投入资源。考核红黄蓝赢利模式成功与否的参数是边际成本率，它不但清楚地解释了业务质量与销售成本之间的关系，而且能够确保经营单位实现承保利润，是行之有效的管理模式。

　　为此，张维功要求，必须死死抓住"一线两点"："一线"就是边际成本线。边际成本是经营成本减去固定费用，并排除提转差因素的成本描述。这是反映承保业务是否赢利的衡量线，对新公司的管理意义重大。这条线成为衡量机构是否创造价值的重要标志，也是衡量团队、个人对公司是否有贡献的重要标志。"两点"就是两个重点，指的是蓝区的"深蓝"和红区的"紫红"。对于经营好的机构，狠抓目标市场中的极优质业务是实现效益增长的重中之重；而对于经营差的公司，一定要在追逐目标市场的同时，下大力气剔除"紫红"业务。

　　这个管理模式由于清晰明了、简单易行，因此在阳光保险很快得到了广泛应用。

　　张维功发明的红黄蓝管理模式，在保险公司大兵团、强总部作战的情况下，特别有用。很明显的是，作为一个引进产业，保险业领域首先是竞争者多、竞争激烈，在西方诸种保险业务模块成型的情况下，阳光保险无法逐一了解竞争对手在不同地域、不同时间下的动态，而只能根据自身业务状况的变化情况来判断市场。而在全国性公司各地分公司齐集的情况下，最高管理者在很大情况下只能采取授权运营的方式经营。因此，由总部给出具体的指标性手段，指导大范围内的分支机构，根据赢利情况来分配资源投入，是成熟产业中避免陷入价格战的重要手段。作为一家新兴公司，阳光保险的管理者来自四面八方，管理水平有高有低，但是在这个数量化指标的引导下，可以从容地根据自己的业务状态组织投入包括人、财、物在内的各项资源，在竞争对手的缝隙中找到蓝海业务。更为重要的是，发现蓝海业务之后及时投入资源，很可能为不同地域的分支机构在一个广泛领域里的保险业务竞争中，找到一个细分的优势领域。通过率先的资源投入而取得领先地位，而后依靠领先地位的业务利润源带动，取得全面领先的优势。

　　正是因为创立了强有力的红黄蓝管理模式，阳光产险的业务品质不仅远高于同业，其赔付率也低于同业水平，同时客户也得到了更好的服务。

阳光产险终于交出了一份不俗的成绩单：2006年和2007年，连续两年投资收益率全行业第一；公司在第23个月实现了正式赢利，并于2007年提前两年实现核算利润，创造新设产险公司实现赢利时间最短的历史纪录，也打破了产险公司4～5年才能实现赢利的规律；业内排名从2006年年底的第12位上升到2007年年底的第9位，成功地从保险业的"第三集团"跨入"第二集团"的行列。

这项由张维功在实践中发明的管理模式，因其动态、灵活的特性和理论化管理方法，对引入产业中竞争状态下的大公司运作，有着相当广泛的应用前景。

让我们的服务成为顾客选择的理由

作为一名战斗在一线的管理者，张维功和阳光保险的核心高管层，时时都在注意着员工的动向。

而"让我们的服务成为顾客选择的理由"，就是张维功在基层"巡访"时从一个名叫王小辉的员工那儿听到的。这句话很快成为在阳光保险全公司推广的服务口号，而且被命名为"小辉格言"。

这又是阳光保险公司一种特别的实践方式。基于同样的国家、产业和行业背景，保险业常常会出现价格差不多、公司形象不明显和营销手段雷同等现象。而此时，与产品同时而来的服务，就会成为顾客口碑相传的重要理由。

在公司竞争的过程中，后发公司往往存在着重大劣势。因为先行公司一方面占有着广大的客户资源，又有着相对优势的财务资源，可以从容选择公司形象的宣传，而后发公司一方面要应付先行公司的竞争，另一方面要扩大自身的影响力，费用压力肯定相对较大。因此既不想打价格战，也不能大规模做广告，在竞争中处于被动状态的可能性很大。那么，扳平的机会从哪里找呢？

阳光保险在竞争中的地位，实际上就是这样。在竞争中，它首先面临着先行者的竞争，包括国有大型保险公司和像平安这样的股份制公司；其次是新兴保险公司中有产业后盾支持的公司，更不用说外资大型保险公司也参与到市场争夺之中。如何使阳光保险从同行中脱颖而出？如何给客户一个选择阳光保险而不是其他竞争对手的理由？这是阳光保险必须回答的问题。

保险业是服务高度密集的领域，在产品、价格雷同，而大笔的广告投入又暂时不现实的情况下，服务水平的提高成为必然的选择。真诚服务，很可能成为顾客选择阳光保险的理由。正如我们看到的那样，阳光保险理赔查勘员在抵达事故现场时，会统一提供"一张报纸、一件大衣、一瓶水"的服务，而这正是"让我们的服务成为顾客选择的理由"这个理念的很好体现。服务带来的差异确实在一点点地让客户倾向于阳光保险。

从策略上讲，"让我们的服务成为顾客选择的理由"，是因为服务非常个性化，只要用心，就能够形成差异化，且不容易被模仿。而良好的服务所带来的客户口碑传播，比纯粹的商业广告更有影响力。将一家公司的经营策略和重要核心竞争力，用一位普通员工的话表述出来并在全系统推广，必然会更容易让广大工作在具体岗位上的员工理解和接受，并成为员工自觉的行为。

管理大师彼得·德鲁克认为，作为管理者的主要职责，就是不把员工看成设备和工具的一部分，除了给予员工工作与薪水之外，还要发现他们的智慧。而这样做的前提就是管理者，尤其是包括最高管理者在内的整个管理层不能待在办公室，必须前往一线，与员工在一起。从阳光保险的这个案例中，我们可以清晰地看到这一点。

全球产险业的第一张车险生命表

作为一个后发的市场经济国家，中国渐进式改革路径存在于很多引进行业中。尽管监管层可以在宏观上引进产业，却不能代替微观上的公司在实践中去积累经验。比如二汽老总就曾痛心地说过："在国内汽车业与国外公司合资的过程中，我们引进了大量车型，付出了重大的市场代价。但是却没有换来国外的汽车技术，国外同行可以把图纸给你，但绝不会告诉你某个尺寸为什么是这样的。"

事实上，公司在运营中可以积累大量的经验和数据。除了大规模的技术革命外，这些经验数据是公司的宝贵财富。而对于保险业，尤其如此。保险公司对这些经验数据的取得、积累和开发，绝不亚于一家大规模技术创新的公司。

阳光保险作为一家志在高远的民族公司，正在勇敢承担着这些具有社会功能数据的积累和开发利用。

车险生命表就是其中一个例子。

在国内的传统情况下，占到保险业务很大份额的车险承保，都凭着核保员的经验以及已有数据来判断投保者的出险概率。而这种判断结果反映的是车险的整体，而没有与管理结合为一体，缺乏定性与定量的考究。

从阳光保险筹建开始起，公司的创业者们就在考虑，怎样才能把车险纳入数量管理体系内。2008年，阳光借鉴寿险运作中的生命表管理方式，开始车险生命表的研究。它的课题意义是研究解决"一辆奥迪车，多长的车龄、一个什么样的人开着、在什么地方，生命表就知道它的保险系数有多大，应该收多少保费，匹配何种政策"，进而对车险进行科学管理。

生命表最早被广泛使用的，是反映人口死亡过程与规律的普通生命表。

生命表的编制为经营人寿保险业务奠定了科学的数理基础，是计算人寿保险的保险费、责任准备金、退保金的主要依据。世界上第一张生命表是英国天文学家哈莱于1693年编制而成的，中国第一张寿险经验生命表诞生于1995年。在全世界的产险业中从来没有听说过生命表的概念，阳光保险提出并研究实施"产险生命表"，在全球保险业绝对是一项管理理论的大创新。车险生命表首先要解决的是风险核保定价的问题，并建立销售资源匹配机制；其次是基于风险核保定价给出生命表规律性结论，实现净费和市场费用的联动，并在IT系统中实现。其难度在于样本量多少可做依据，如何进行数据分析、如何建立模型、各个风险因子的先后顺序如何排列，以及销售版如何简便易懂，如何与现行费率体系建立关联等问题。这涉及一系列统计学意义上的工作。经过一年的研究，项目组创造性地运用统计分析等方法解决了样本量与置信区间的问题以及数据提取、分析和判断等难点，形成了一套较为完整的风险分析方法，最终解决建模以及影响车险风险因子各自影响程度的量化问题……

在不断深化研究的基础上，阳光保险开始大规模应用车险生命表。事实证明，经过不断升级改造的车险生命表推动了红黄蓝赢利模式和目标市场管理的进一步深化和落实。车险生命表是以边际成本率为原则，根据不同的业务类别，匹配差异化的销售费用，用以实现对销售人员跟单费用结算的表样。通过制定"车险生命表"，可以实现销售、产品、财务三条线紧密联系、相互协作，销售部门以生命表（销售版）为指引进行业务拓展，产品部门以生命表（核保版）进行核保管理，财务部门以生命表（财务版）进行费用结算和调配，从而实现公司有价值地发展。

目前车险生命表项目得出的具有突破性的风险结论已应用于阳光产险的核保实践之中。这不但有利于正确引导销售的方向，而且将核保前置，销售人员不需要问核保人，只需通过销售人员在线系统就可明确知道一笔业务的承保条件、亏损业务的多种改善条件。同时还可逐单测算出每一笔业务的利润，并可随保单存储，计算到核心系统中每个业务人员的利润贡献，为将来实施标准保费和长期激励提供了依据。

当然，车险生命表的建设还在发展阶段，未来的功课还有很多。但是，变革的序幕已经拉开。在写作此书的过程中，听说阳光产险的"标准保费"概念即将出台。

阳光产险山东省分公司车险部的一位核保人，曾是阳光产险第一张保单的核保人，属于年轻的资深核保人员，毕业之后鲜有机会与往日同学一起聊天，每次谈及工作，"生命表"这三个字又是不可避及的。每次看着大家不明就里的眼神，他总会不厌其烦地跟人讲解：

"其实所谓生命表就是将红黄蓝赢利模式与车险承保及风险管控相结合，以科学的方法与成功的经验相融合，对各类业务加以细分维度，区分业务品质……"

如此这般解释过后，看到的仍然是茫然的眼神，不过没关系，因为他相信，这项创新不会永远成为所谓的"商业秘密"，在不久的某一天，阳光车险生命表将成为领跑行业的风险管控典范。

第八章

·

阳光模式（二）：

坚实的轮子

投资：审慎的后台

如果说保险公司是一个巨大的社会稳定器，那么它的工作原理是一端为社会吸收承担未来风险的现金，而另外一端则在于成为一个重要的投资主体，使吸收到的现金保值增值。因此保险公司经营中非常重要的一点就是投资管理。

简单地说，保险公司为社会承担风险的核心在于精算。在公司设计出某种普遍适用的险种的时候，精算师们已经根据统计数据和对未来的预测测算出了这种风险在社会范围内发生的概率。比如说，一个人的健康风险对于他个人来说是一个小概率事件，但对于一个足够大的群体来说，生病的概率是可以被统计出来的，而且是确定的。精算师们根据这种统计概率算出某种风险发生后所产生的损失，并在综合考虑投资收益等因素后测算出公众要为这种风险投保时所需付出的代价，也就是这种保险的价格，投保人支付了这个价格，就获得相应的保障。这就是保险的运作机理。

在这个过程中，保险公司的投资收益率成为精算的前提。

阳光保险作为一家新兴的保险公司，在投资领域尽享后发优势。

改革开放后相当长一段时间内，监管层出于金融审慎性的考虑，对保险公司的投资行为采取了严格管制的政策。正如我们前面所了解的，由于早期获得现金流的保险公司出现对外乱投资的现象并造成了相当大的金融风险。严格的管制虽然有效控制了投资风险，但也牺牲了资金的收益和效率，限制了保险业在国民经济中发挥更大的作用。随着国内金融市场的一步步成熟，保险公司投资的阀门也被一步步打开。20世纪90年代后期国内金融市场出现了国债、企业债、金融债和股票证券市场的细分，监管层在对保险资金运用严格控制的情况下，开始允许保险公司逐步地运用这些金融工具获得资产收益。然而投资渠道的开放也是一把双刃剑，把握好了，可以获得更高的投资收益，把握不好则会蒙受更大的损失。投资能力，也因此成为保险公司竞争力和赢利能力非常核心的决定因素。

如何获取稳定理想投资回报，同时有效控制投资风险，是阳光保险和所有保险公司面临的一个大课题。

阳光保险的做法是人才加机制。

由于投资机会和风险的不确定性，人才在投资中的作用是巨大的，这也正是优秀的投资经理成为社会上收入最高、也最令人羡慕的职业之一的重要原因。找到业内最优秀的投资人才，建立一流的投资队伍，是雄心勃勃的阳光保险的第一选择。王德晓，曾任华泰资产管理公司总裁，在行业内被公认为最优秀的投资管理专家之一，当他成为阳光保险资产管理的领头人之后，国内外大批优秀投资专才也纷纷加入了阳光保险。一个由一流投资专家组成的投资管理团队为阳光保险的投资管理奠定了坚实的基础。

人才队伍有了，接下来就是机制。在组织架构上，阳光保险建立了集团统一的资产管理中心，负责对集团、产险、寿险的资金进行集中和统一管理；在投资管理上，阳光保险参照国际成熟的管理经验建立了战略性资产配置和战术性资产配置的制度和流程，并建立了授权清晰的操作制度；在风险与绩效管理上，除了沿用传统的主要指标之外，阳光保险还建立了自己独有的指标体系，以实现对风险和业绩的全面、准确、客观的评价。

数年下来，阳光保险的总体投资收益率令人惊叹：2006年为14.92%（行业平均为5.8%），2007年为28.89%（行业平均为12.17%），2008年为7.35%（行业平均为1.91%），2009年为7.94%（行业平均为6.41%），其投资收益率均远远超过行业平均收益水平。

投资收益的稳定而高效，使得公司有了一个稳定的基础，更体现了阳光保险作为一家志在长远的公司稳健的经营风格，并且为公司在经济波动时期的平稳过渡提供了保障。

什么样的服务是客户选择的理由

2009年年初，四川的赵先生计划暂停其运输公司的部分客运车辆运营，并向阳光保险的当地分支机构申请暂停保险期限4个月，当地分支机构接到书面申请后，只对交强险和商业险进行了停驶批改，而未按客户要求对该车辆的承运人责任险进行停驶批改。该机构发现工作失误后，开始补办相关手续，但客户反映补办手续期间分支机构三次向客户索要保单原件等资料并要求客户提供书面报告及填表等手续，致使批单办理时效拖延。客户一怒之下，在2009年5月18日向阳光保险总公司写信投诉。

张维功对这种"人民来信"总是很重视，在收到投诉信后，他马上要求阳光产险在第一时间查清落实客户投诉事实，对相关责任人给予处理；同时，张维功还亲笔致信向客户表达歉意。

尊敬的赵先生：

感谢您对贵公司在办理保险业务过程中的问题所作的说明，及对我公司服务提出的建议。

毋庸置疑，在给您办理业务的过程中，我们的工作人员确实存在严重的工作过失，严重违反了公司的相关业务管理规定，也违背了阳光保险的企业文化和服务的宗旨与追求。在此，我谨代表阳光产险公司及产险四川省分公司及直接受理此项业务的工作人员向您及贵公司致以深深的歉意。

接到您的来信后，我对公司存在如此严重的问题深感震惊，已责成总公司相关人员迅速对您反应的问题进行了查实，近期将对有关工作人员进行严肃处理。

阳光保险是一家崇尚"共同成长"的公司，致力于通过提供专业的保险服务实现公司与客户的共同成长，也是一家勇于承担社会责任的公司，"5·12"大地震后公司迅速组织捐款向灾区人民尽我们力所能及的帮助，并向四川公司提出了更高的服务要求，但今天出现了如此严重的管理服务问题，我深表歉意。

"客户满意"是阳光保险的始终追求。我相信，有像您一样关心阳光保险的客户，阳光保险一定会做得更好！

期待着您一如既往地关注阳光保险，对我们的服务给予更多的监督及建议！

阳光保险集团　张维功

二〇〇九年五月二十六日

事情很快得到了及时解决，后来客户又专门写了一封信。当然这封信已不再是投诉信，而是"表扬信"。

赵先生的"遭遇"也让阳光保险进行了深刻反思。阳光保险内刊为此专门刊发了评论，文章说：

"客户满意"是阳光保险始终不渝的服务追求。此次事件的意义并不仅在于为阳光人带来反思的机会，其重要意义更在于它是对全体阳光人的一次深刻教育，也是关于阳光文化的一篇生动教材。此次事件无疑为我们每一位阳光人敲响了警钟——无论你身处总公司还是各级机构，无论你身处何种职位和部门，都应该清醒地意识到：这次事件绝不是偶然的，也许就在我们身边，也存在相同的人、相同的事。在投诉信中涉及的人物和场景，也许只是与你我名字不同，也许只是与你我工作地点不同。这一次客户投诉，引起了我们对"客户导向"宗旨的理解和执行情况的深入反思；如果我们每一个人在今后的工作中不引以为戒，那么下一个被投诉的对象就有可能是你或者我。我们也相信，愈是彻底的反思，愈带来更强的发展动力和持续活力。

公司各级管理者从现在开始一定要高度重视客户管理工作。全系统要深入开展服务意识、服务理念宣导教育活动，进一步强化全体员工服务责任心，牢固树立"客户是上帝""服务无小事"的观念，全面提高服务意识、服务能力，切实提升服务水平，从每一名员工做起，依靠我们每一个人"热情、诚信、高效、规范"的服务，真正做到"阳光保险、阳光服务"，让我们的服务成为客户选择阳光保险的理由。

作为一家正在快速成长的公司，阳光保险像海绵一样地吸收所有员工的智慧和客户的建议，而且迅速地付诸行动。因此在"让我们的服务成为顾客选择阳光保险的理由"之后，在客户服务和理赔环节，一系列的行动迅速展开。

什么样的服务会成为客户选择的理由？在理赔环节，现在的变化是他们抵达事故现场的速度比警察的速度还要快；围绕这个"快"字，阳光保险创新性地推出了各种可以提高工作效率的体验式服务。

阳光保险坚持"标准服务、满意服务、全员服务、全程服务"的服务理念，追求"客户满意在阳光"，不断探索以客户为中心的服务模式，在业内率先推出了"三地联动"通赔通付、远程定损等理赔服务模式，有效解决了制约产险公司客户服务的瓶颈问题。

2008年，阳光保险在业内率先推出的"三地联动"通赔通付等举措，大大提高了理赔效率。所谓通赔通付，是指保险公司为方便客户，通过对异地出险案件的统一调度，利用全国范围内的机构网点，实现异地代查勘、代定损、代收理赔单证、代付赔款和代垫付抢救费用等服务，进而实现异地办理赔付手续的一种理赔服务模式。

一个现实的例子是，2008年7月15日下午，在阳光产险陕西分公司投保车险的高先生在上海发生交通事故。阳光产险上海分公司接到报案后，立即进行查勘和定损。当时高先生居住在苏州，他希望在苏州领取赔款，7月17日下午，高先生就如愿从阳光产险苏州中心支公司领到了赔款。整个过程仅用了两天。阳光保险可以说是业内最早实施这种"三地联动"通赔通付服务模式的保险公司。

服务如同职业生涯和生活旅程一样，要做的永远是长期投资而非短期投机。服务是永无止境的，只要时刻站在客户的立场上考虑问题，真诚、细心地服务，并不断为客户创造超过期望值的一些附加服务，客户就一定能感受得到。

对于劳动者，每年的"五一"都会平添一份特殊的意义。阳光产险天津市分公司客户服务部在2009年的劳动节收获的是一份沉甸甸的荣誉——"2008年度天津市劳动模范集体"的荣誉称号。这份荣誉的授予者是天津市市委、市政府、总工会，其中的含金量是对他们坚持以企业文化锻造队伍、以服务打造阳光品牌、以行动传递"诚信、关爱"理念的巨大肯定。作为本次盛典中唯一一个当选的保险公司客户服务部，他们的客户服务日程管理和理赔服务质量评价指标在天津同业名列前茅，天津市保监局也因此邀请这个"劳模"向全体工作人员进行示范性讲解。

2009年7月，上海市保险同业公会对在沪22家产险公司车险服务工作开展检查，通过"电话虚拟报案"实测及事故车辆定损技能现场测评两项服务考核全面检视各公司的理赔服务水平。

电话虚拟报案实测在事前完全保密的情况下突击进行。按照行业要求，在接到客户报案后，定损员应在15分钟之内与客户取得联系，并于电话接通后两小时之内到达事故现场。实测中，阳光产险的查勘员仅用6分钟便进行了电话回访，37分钟赶赴现场。回访速度在22家产险公司中名列第三，现场到达时效亦位居上游。

在随后进行的保险事故车辆定损技能测评现场会上，阳光产险以整洁的车辆、统一的服饰及昂扬的风貌登场亮相，随车配置的一把伞、一瓶水、一张报纸更是从细节之处展现了阳光保险特有的人性化关爱，得到了同行的一致好评。测评中，阳光产险的查勘定损员凭借扎实的专业技能取得了良好成绩。

除了理赔快，公司在服务方面的透明也是阳光保险"让我们的服务成为顾客选择的理由"中一个根本的差异。保险是一项销售在先的服务，只有后续的客户服务和理赔才能让客户感受到保险的价值。其中理赔环节是公司利益和客户利益的交界点，以往保险公司存在很多以公司为中心，不考虑客户感受的做法。就算理赔本身合情合理，顾客也很难有好的感受。

作为一家新兴的保险公司，阳光保险认为，在服务和理赔环节，只有透明化，才是最佳解决方案。以阳光人寿理赔体系为例，为保障客户的知情权和选择权，理赔部门在开业伊始便努力探索，建立了旨在让消费过程和服务流程公开化、明晰化并主动接受大众监督评判的"透明诚信服务"体系。在服务环节，他们提出，信任源自坦诚，疑虑止于公开。

阳光保险通过各种方式不断把"透明诚信"的理赔文化渗透到服务的每个环节中，将其核心价值观中对客户的人文关怀体现在理赔服务中，如客户报案后公司安排人员上门慰问探视；全程指导客户收集理赔材料；随时告知理赔进度；悉心讲解条款责任；及时通知赔款给付情况；清楚罗列赔付明细……

阳光人才观

作为一家非常强调以文化立身的公司，阳光保险非常重视人才。因为只有人才，才是公司创立百年基业的根本。源源不断地从社会招募各种人才并把公司的文化灌输给这些新人，使他们从社会人成为具有公司特质的职业人，这是商业社会的一个重要目标。

作为特定产业中的竞争者，阳光保险面临的是社会对于保险业的普遍不理解。在相当一段时间内，保险营销的恶性竞争一定程度上破坏了保险业的行业形象。这种破坏性的体现，我们可以通过徐小平先生写给一位求职大学生的信件感受到。

且让我们静下心来看看这两封信。

敬爱的徐老师：

您好！我是一名大二的学生，专业是经济学。

现在大家都想考研、出国，或者到政府部门去工作。但我觉得保险业是非常有前途的产业。我想在这个领域里发展，成为这方面的专家。保险的灵魂在于那些走街串巷的业务员，没有他们，就没有全部的保险产业。既然想在这个领域发展，我就想从这个地方做起，然后再沿着保险业务和管理的层次上去。

但我的问题是：我身边的人，从父母到朋友，都认为大学生毕业做保险业务员简直是丢人。他们说保险业务员就是那种穿着廉价西服和白球鞋的无业青年。虽然我知道这是社会的成见，但多方的反对搞得我现在也有点头晕脑涨，不知道自己的选择究竟是对的还是错的。无奈中我想到了您，希望您能够给我一些分析和指导，我错了？还是他们错了？

谢谢您！

宝娴

宝娴：

你好！我坚决支持你毕业后从事保险业，在这个领域里闯出名堂来。我坚决支持你以大学生的身份做一个保险业务员——你的加盟，可能是中国保险业开始成熟的一个转折，是社会对保险业务员成见的转折。大学生为什么就不可以做保险业务员？

大学生就业难吗？这是一个自相矛盾的命题：中国大学生人数占总人口比例之少在世界上肯定是名列前茅的。这样一个国家，到处有人呼吁大学生过剩、大学生就业难，我觉得如果不可笑的话，一定可悲。

就拿你渴望从事的保险业来说，它是关系到千家万户家庭幸福、晚年安宁、子女保障的国计民生的重大行业。然而，这个行业在中国却是如此悲惨地落后。非典的流行，让人感到生死病残突然之间离每个人都那么近，那些不幸染上非典的人，有几个是有充足的疾病和生命保险的呢？有保险的人有福了！——那些唤醒人们保险意识、把保险出售给受益者们的保险业务员们，才是真正的福音传播者啊！

政府多年来提供给人民的大量福利保障，今后必将大量转移到保险行业。变动的社会带来的人际关系的变动和生活安全的变化，也使得保险成为人民生活越来越不可缺少的服务。医疗改革、户口改革、国企改革、独生子女政策、老龄化趋势、铁饭碗的彻底碎裂、市场竞争的日益加剧、汽车化社会……无一不意味着保险必将成为我们生活中的流行语、必需品、吉祥物、相思病……

中国人对于保险的意识非常差我们先不说，改变这种很差的保险意识的历史使命，其实就落到了今日和未来从事保险业的你们青年身上。在这个领域，需要更多高素质的人才，需要更多受过大学教育、拥有双学位或者硕士文凭的人才，来开创中国保险事业的第一个高潮。而在这个第一次高潮中，将有更多的人得到经济上的巨大收获，赢得能够"保险"终身的金钱保障！

我的一个朋友，《图穷对话录》第23篇的主人公邢学轶先生，在我的鼓励下投入了前景无限的保险事业。他目前正在艰难地做着一个保险推销员，梦想有一天成为"蓝鲸成员"，这是保险业嘉奖那些出色的业务员的一种荣誉。如果说保险业是发达伟大的，那么业务员就是这个领域里最光荣的生产者，是保险业辉煌的最根本的缔造者。

简单说，保险业的发展和繁荣需要太多的大学生来推动！在今后的数十年里，这个领域将会像"蓝鲸"需要鱼儿一样，张开巨口来吸引人才！谁说保险业人才过剩，不需要新人，我跟谁急！中国保险业有多么落后，中国保险业就需要多少人才；中国保险市场有多大空间，中国保险市场就有多少财富等待你们猎取。我的来信，无意与你交流我对保险的兴趣和知识。但至少，我希望你告诉自己：既然你从事保险，就应该对这个行业的前景有充分了解，有强大信心，有奋斗一生的使命感，有为人群传播保险福音的崇高使命感！

上述对于保险业人才需要的分析，可以推广到其他任何领域。结论非常简单，在中国市场中，专业化的人才非常缺少。目前弥漫于市场的所谓"大学生过剩"的论调，其实也是一种"人才缺少"贫血状况的反映：是人们对于各种行业发展趋势的迟钝，人们对于人才需求动向的麻木，人们对于市场经济对人才需求触角的漠视，人们对于西方发达国家劳动人口高素质的无知……

还有一个说法，是造成"大学生过剩"这个悲观论调的万恶之首。刚刚从计划经济的人才噩梦里醒来不久的中国社会，有一种普遍的就业机会无意识和人才价值倒错：好像大学生不从事某种职业，就不是大学生就业！这个观点，很快就会过时。但是，在它过时之前，将人为地使许多大学生找不到工作！

支撑美国经济繁荣的那些支柱产业，汽车、房产、以保险为重要内容的金融服务领域里，是什么人呢？是那些活跃在第一线的销售员、经纪人、中间商。福特创造了汽车，摩根创造了银行，贝聿铭创造了高楼大厦。但卖出汽车的人，推销保险的人，销售房子的人，则创造了美国。

人民，只有人民，才是创造世界历史的动力！

麦当劳的创始人，在他53岁创建第一家麦当劳餐厅之前，一直是一个卖纸杯的推销员；克莱斯勒的救星雅科卡，在大学毕业后最先崭露头角的工作，就是汽车推销员。

市场经济刚刚建立起来的中国社会，需要千千万万个推销员。假如美国剧作家阿瑟·米勒的代表作是《推销员之死》的话，我倒是希望我的这篇通信，以《推销员之生》的名字而被人们记住！

欢呼吧，中国大学生就业进入了一个崭新的历史时期：他们将为中国经济的基础建设，作出这一代人独特的历史贡献，在各个领域最敏感的市场层面上，成为拥有高素质和大智慧的经济触角。千万只触角伸向中国社会经济生活的各个方面，全面刺激、激发、唤醒中国经济依然巨大的潜在的活力！

祝贺啊，新时代的人才！

祝贺你，拥有学位的保险专业人士！

你的越来越需要买养老保险的

徐小平

作为导师，徐小平是新东方教育集团的副董事长。作为求教者一方的职场新人宝娴的信，事实上就反映了社会对于保险业的歧视性看法。

透过信件，我们还可以看出，徐小平写这封信的时间大约在2003年。文质彬彬的他颇为生猛地说："在今后的数十年之内，这个领域将会像'蓝鲸'需要鱼儿一样，张开巨口来吸引人才！谁说保险业人才过剩，不需要新人，我跟谁急！"事实的确如此。2004年以前，受产业政策的影响，各保险公司的经营地域是存在差异的。但是从2004年开始保险公司的经营区域不再受限了。于是，国内中外资保险公司机构版图不断扩张，分支机构布点的速度进一步加快，对于优质人才的争夺明显加剧。

作为一家综合性的保险集团，而且致力于高速发展，阳光保险将一直处于人才需求旺盛的成长期。如何满足公司发展的要求，如何有效实施人才战略，在业务竞争和人力竞争同样激烈的保险市场上，是阳光保险面临的一个严峻而重要的课题。

"企业最深的底蕴是文化，最大的财富是人才；对人本理念的坚持，将是阳光永续的追求！"张维功表示。

在快速的奔跑中，与一般公司策略不同的是，阳光保险的目光首先盯准的不是"地盘"，而是"人才"。"有了人才，我们就能在看似毫无立足之地的市场隙缝中插上我们的旗帜。"阳光保险集团副董事长张延苓如是说。作为阳光保险的"首席猎头"，开业之初，张延苓的第一个"猎取"动作就完成得十分出色。前文提到的王德晓，就是她的"杰作"之一。2005年10月，在董事会上，张维功向时任阳光产险独立董事的华夏基金总经理范勇宏咨询适合做保险投资的人选，范勇宏脱口而出：王德晓。当时，王德晓还是某资产管理公司的总裁。一同出席董事会的张延苓深知王德晓这样的专业人才"可遇而不可求"，于是她立即通过渠道与王德晓取得联系。不久，这位毕业于清华大学且在业界颇具声誉的高材生就"屈尊"来到阳光保险。

张延苓举手投足间尽显女性的婉约与淡定，更重要的是，作为阳光保险的创业团队成员，她对"阳光"二字的理解程度远比他人深刻。

2005年2月，当张延苓们发布那张"非常另类"的招聘广告以后，不但吸引了业内外人士的眼球，而且还抓住了有心之人。

即便是潘宏源这样视野开阔的高管也同样会有"心跳"的感觉。出于职业习惯，潘宏源对很多同业的资料都会有兴趣。当他偶尔翻看一本"阳光保险画册"时，映入他眼帘的是"对人本理念的坚持，将是阳光永续的追求"这句话。一家新生的公司，竟然有如此的志向，把对人本理念的追求当做公司永续经营的根本，可见这家公司的未来足以让他的能力释放到极致。"这不正是自己所追求的吗？"正是出于这样一种感觉，任职于平安人寿副总经理的潘宏源毅然跳槽至刚刚组建的阳光人寿担任副总裁，如今的潘宏源，已因其本人的优秀业绩表现，升任阳光人寿总裁。

同时与潘宏源入职阳光保险的还有连子智，作为中国大陆寿险电销第一人，他同样放弃了某合资保险公司首席多元行销官的职务和已经上了轨道的事业平台，加盟阳光人寿。

阳光保险创建 5 年来，没有一个不可替代的高管离开，他们相信阳光保险的前景，并且信任阳光保险。某位高管曾说过："阳光要求管理者做'主人'而不仅仅做'职业经理人'，这也很有意思，因为我们就是主人，这家公司干得好坏都是我们要负责任的事，抱怨不得股东、员工和市场。也因此，我们更加努力。"

阳光保险在追逐人才时并非不加任何选择，恰恰相反，他们对人才的要求比同业更为苛刻。"有一种人是企业的天敌，这种人就是能造成公司价值观崩溃的人，虽然他能达到绩效指标，但本质很差。"这是杰克·韦尔奇来中国与中国的企业家们对话时，直接告诉中国管理者的一个真理。

认同组织的价值观，才能造就精益求精的执行者，才能把组织的价值观发扬光大，否则对于一个企业来说，是极其危险的。

阳光保险从招聘开始就将求职者的综合情况放到企业架构里面去考察，大到对企业文化的认同度，小到对具体工种的匹配程度。他们认为只有做到这样，才能构建高效的团队，有效控制人才流失。

"聚业内人才，纳业外贤士"，是阳光 50 字箴言中的一句。阳光保险十分注意吸引各领域的人才，以实现人才多元化的有效组合。这样做，员工相互学习，相互碰撞，能产生新的管理理念和管理思想。相对于老公司的员工稳定性，阳光保险作为一家新的公司由于需要不断地增加人员，为人才的多元化提供机会和空间，可以从容合理地布局，按照战略需求提供培训，提高员工的整体素质。

2007年，《阳光基本法》推出。这份框定了公司未来发展的战略性文件中，有相当多的篇幅体现出公司对人才战略的重视，尤其是对作为市场触角的营销员的重视。同时，它给人力流失一向十分严重的保险业，开始了一次新的启蒙。

与保险业人员大进大出的现象相反的是，以张维功为核心的阳光保险核心管理层认为，金融保险行业是一个需要沉淀，或者说非常需要组织记忆的行业。要做好一家保险公司，需要非常厚实的知识经验的积累。如此，就要求员工的素质和技能不断提高，并且需要长时间的积累，才能形成公司的优势。

同时，保险业是以人力资本为主的行业，对实践经验要求很高，没有三五年的时间，很多知识根本学不到，因此新员工上手很慢；另一方面，有些员工刚一成熟立马就跳槽，这样一来隐性培养成本就大大提高了。因此，若是因为变革和领导人更替，就摒弃过去所有的经验，像猴子掰苞米，不断地从头再来，就永远到不了较高的境界，永远深陷低水平的泥潭。如果把"淘汰"作为公司人力资源管理思想的主旋律，那么员工的离职率就可能很高，增加员工的流动性，从而影响到公司的发展后劲。

因此，阳光保险认为，淘汰永远不能成为金融行业人力资源管理思想的主旋律。当然，任何一个企业的竞争和淘汰机制都要具备和完善。

正是基于这样的认识，张维功把员工的成长发展确定为阳光使命中的一个重要组成部分：共同成长是每个员工在公司发展的过程中不断提升个人价值。这种价值的提升和体现主要表现在：一是在阳光保险可以学到在其他公司学不到的知识；在阳光保险能够实现在其他公司没有机会实现的理想。二是阳光保险的发展需要通过每个员工的努力来实现，同时每个员工都能分享到公司发展的成果和品牌价值。

在这样的理念下，阳光保险建立了各种关于员工成长的制度，包括对于员工的职业生涯设计、技能培训、关爱计划等一系列吸引人、留住人和发展人的机制。正是基于这样的理念，阳光保险对员工培训从不吝啬，到2009年，阳光保险已经连续举办了七期针对产险的高管研修班和一期针对寿险的高管研修班。

阳光保险持续利用与国际同行交往的自身机会，给员工开设各式各样的讲座。

2008年5月12日，汶川大地震发生。23日上午，德国慕尼黑再保险公司的同行们就来到了阳光保险，带来了"汶川大地震及今后保险业可能的对策"的主题演讲。

慕尼黑再保险创立于1880年，在全世界150多个国家从事经营非人寿保险和人寿保险两类保险业务，拥有高水平的专业知识。慕尼黑再保险专家Spranger先生详细分析了中国地震活跃地带的形成原因和活动周期，通过汶川大地震的建筑破坏图片，分析了四川地震活跃地带建筑的抗震能力。他们还从地震风险模型的角度对中国受地震威胁的区域以及此次震灾造成的经济损失作了分析。

2009年6月11日，诺德保险经纪公司国际业务首席执行官朱利安·詹姆斯一行到访阳光。诺德保险经纪公司是全球最大的私人拥有的保险经纪公司，也是全球排名前十位的国际保险经纪公司之一。该公司拥有43个跨国分支机构，在能源、航空和建安工等多方面处于技术领先地位。

他们同样带来了一场精彩的讲座，因为这是合作方阳光保险高管的要求。

阳光保险对于新人的培养也从不吝啬。阳光保险成立之初，便要求各级机构的理赔工作全部采用新人，旨在以新人高尚的职业道德弥补专业技能的不足。起初，这一战略备受质疑，但在强力的执行下，到今天，阳光保险决策者的高明已得到充分验证。在山东、天津等地，监管部门组织对保险公司服务质量的调查中，阳光保险理赔队伍得到高度赞扬。天津分公司客户服务部获得"2008年度天津市劳动模范集体"称号，是唯一一家获得此奖项的保险公司。

据了解，阳光保险正致力于打造"十百千人才工程"，以培训、关爱、考核、激励为手段，全面强化管理、销售、后援等队伍，使之成为阳光长远健康发展的可靠保障。同时，阳光保险也正在推行"七五—八零后计划"——启动潜质人才选拔培养计划，为优秀年轻干部提供更多的锻炼机会。"阳光成长计划"——大力引进年轻大学生，逐步把他们培养成为阳光保险发展的未来。这些都不失为阳光保险在"育才"方面的高明之处。

在人才使用上，阳光保险为每一名员工提供宽阔平台，让员工充分发挥聪明才智，变"相马"为"赛马"，让人才脱颖而出，这对增强竞争活力功不可没。

这些持续培养计划和成长激励方案，正是阳光保险作为一家强调企业文化的公司的必然表现。

正是像阳光保险这样的企业一点点在变化，整个社会因此将会改变对保险从业人员的偏见。

融合制度的分项文化

2010年2月，一名新员工从到他们那里走访的张维功口中得知，阳光保险将把水杉定为"司树"。个中原因是：一是水杉成长速度快，代表了阳光保险的迅速崛起；二是水杉寿命长，百年常青，寓意着阳光保险基业长青；三是水杉生命力强，无论大江南北，都能生存成长，代表了阳光保险旺盛的生命力；四是水杉总是以成片的树林存在，代表了阳光保险的团队精神；五是水杉笔直挺拔，犹如君子，代表了阳光人坦诚、正直的品行。一棵树，折射出阳光保险无处不在的文化特色。

从最早新闻界关注阳光保险，到张维功团队从所有业内人和媒体面前消失，再到阳光保险重新选定股东成立，所有关心这个团队和公司的人都会感觉到，这是一家试图以企业文化来赢得竞争的公司。

因此，张维功如此强调公司文化的同时，普遍的疑问是，也许公司文化在他们团队中是存在的，问题是他们将如何把文化与制度、业务有机融合，并在未来庞大的公司中推广？

一般的企业，如果觉得制度不合适，就改制度。追求高一点的企业，往往主动请麦肯锡、埃森哲等知名咨询公司帮助会诊流程、改造制度。这两种做法都有瑕疵：前者缺乏远见性、预见性，难免缺乏系统的科学性；后者则缺乏自己的灵魂。同时，改变制度的依据是什么？又或者改变后的目标在哪里？

制度的根本在于企业的价值取向，制度的建立要靠文化指引，制度的检验也必须以文化为依据。"所有不适合文化走向和要求的制度都要改变，文化是制度的灵魂。"张维功表示。

这就是张维功的文化要求。

早在创业时期，张维功给出的分项文化定义是：为实现阳光核心文化的总体要求，结合或把握某具体领域、具体板块本质特征而追求的价值目标、思维方式和实现路径的总和。很明显，它就是公司文化在不同领域、不同时期的落实。公司开始运营之后，分项文化建设成为阳光文化的一大特色。"阳光分项文化建设是每一个阳光人的事情。"张维功说。

从看起来有些虚无的公司文化建设到落实的分项文化，都是对管理者的考验。比如现在的IT部门要面临"IT分项文化"的大考，因此负责人不得不对分项文化建设定义、建设原则和建设内容进行"长考"，并从多个维度最终确定了"先进、实用、高效、规范、安全"的IT分项文化。而精算部门员工一直是公认的稀缺人才，他们每天打交道的对象是数理统计等专业学科。在企业文化的考核下，负责人必须思考精算部门分项文化"审慎、精确、沟通和支持"的实现路径。

阳光保险核心管理层对分项文化建设情有独钟，不遗余力。

另一个典型的案例是公司的核保文化。核保的目的在于提高产品质量，降低事故率，获取更高的经济效益；核保的原则是效益性和可控性；核保的特点是对于事故率是主动的——选择的产品质量高，事故率就低，反之则高，核保选择行为的准确性和科学性能决定事故率的高低。

阳光保险提出了核保分项文化"引领、支持、控制、转移"八字方针：阳光核保要引领市场发展，确定市场导向；通过核保的效力、技术支持销售；核保的本质是要控制风险；转移也就是在风险发生的同时要通过各种形式把风险合理分散。

阳光保险对核保师进行了重新定位，并赋予它更为广泛的定义。阳光保险要求核保师要肩负起成本管控、营销规划等工作，从而在审核业务的时候达到更高的层次，即懂得"经营"业务。

何谓"经营"？

"我认为就是把眼光放得更高、更远、更灵活。而这种高、远和灵活是需要准确的前瞻性市场判断，精细化的成本控制以及扎实的核保专业知识作为支撑的。"阳光产险总裁罗海平认为。

他曾遇到的一个案例是，一位客户运输钢材，提出了承保锈损的需求，但是根据类似业务的承保经验和该业务过去两年来的承保及理赔数据来看，如果扩展承保锈损损失，则赔付率在100%以上，如果剔除，则赔付率在10%以下。

从专业的角度理解，单纯地接受和拒绝都将影响到该业务的正常开展。如何对保单条件进行修改，确保双方利益的均衡，以保证客户忠诚度，因此有必要采取更精细的核保技术进行测算和审定。

经过计算，阳光产险发现，客户锈损案件的高发期集中在每年的9月和10月，他随即与客户确认，该时间段正值东北太平洋的季风季节，故损失惨重，同时如果将免赔提高0.1%，则损失金额将降低13万元人民币。最终，阳光产险选择了这一单业务，将免赔提高0.1%，同时要求客户保证在9月和10月不得以非集装箱方式出运货物。

从经营的角度去看待业务，比纯粹从风险的角度看，要更加宏观，同时也更容易避免犯错。但所谓艺高人胆大，就是这个道理。而此举，必是核保人职责的发展方向。

"简单地说，我们既不能抱住利润不放，也不是一味地强调规模、强调市场；而是在整体健康的情况下，就个案去不断地调整规模和利润的优先级。"罗海平表示。

"一线员工缺乏整体思考，能把交给他们的事按照既定的操作规程做好就成了。"这是一般官僚体系中对于一线员工的评价。其实，通常的情况是，官僚体系总是试图捆绑员工，让他们没有左顾右盼的机会，更没有跳出局部来整体俯瞰操作和业务的权利。

而张维功强调"阳光分项文化建设变成每一个阳光人的事情"，其目的是赋予员工俯瞰全局的权利。

阳光保险的使命是"共同成长"，高远的使命让每一个员工都可以跳出手头的操作，俯瞰公司所有业务，从而使每一个员工都能够对公司所有的运作有一个整体概念。有了整体概念的员工，纷纷从各自的角度阐释着心目中的阳光文化，譬如阳光产险北京分公司员工马佳对英语很感兴趣。在她的视野里，阳光是Sunshine这八个字母，但是S-U-N-S-H-I-N-E，每个字母都有它背后的故事、背后的含义，每一个字母背后都能代表不一样的故事，它们的组合恰恰就组成了不可磨灭的阳光文化。她的解释是：

S：Strictness，代表严谨；

U：Understanding，代表理解；

N：Neutral，代表公平；

S：Systematical，代表秩序；

H：Harmonic，代表和谐；

I：Improvable，代表改进；

N：Negotiate，代表探讨；

E：Efficient，代表效率。

很显然，阳光保险的文化之道并没有停留在那几页薄薄的小册子上。从2008年起，他们便开始明确提出了分项文化的研究与实践。阳光分项文化的每一个词都有非常明确的解释，并且对其中每个词汇都要求做到什么程度，而不是简单的口号。

在这种分项文化建设的过程中，核心管理层对公司文化的管理和推进就有了很大的可管理空间。对于基层管理者提出的策略，核心管理层可以有具体的标准来考虑它是否符合公司文化，是否应该纳入到公司的治理之中。

柯林斯和波拉斯在其合著的畅销书《基业长青》中已经指出："高瞻远瞩公司的根本在于转化核心理念和独特追求进步的精神，使之融入组织结构的所有层面，化为目标、战略、战术、政策、程序、文化习性、管理行为、建设蓝图、支付制度、会计制度、职务设计，即公司的一切作为，不但要采取各种机制来保证核心理念和刺激进步，而且追求一贯机制和理念之间的协调一致。"阳光保险的公司文化，正是这一理念的实践案例。

第九章

阳光成年礼

GE医疗中国区总裁关明生空降到国内年轻的电子商务公司阿里巴巴之时，正好是阿里巴巴遇上了非典疫情的时候，有一名员工感染非典，进而整家公司所有员工都被隔离。当所有人都开始为未来担心，并指责管理层派员工冒着感染的风险去疫区广州参加广交会时，关明生站出来这样说过："这是一个GE梦寐以求的时刻。"

　　因为对于快速成长的公司来说，危机就是一场洗礼。

危机的三重门

阳光保险还在寻找下一步竞争优势的时候，经济上的波动就到来了。

市场经济的萧条，就像不时到来的筛子一样，会不断地制造断裂式的波动，清除市场竞争中的弱者，而使竞争中的强者得到更多的份额。

从2008年开始起，一系列的动向表明，波动即将到来。"天灾、人祸、乱市"，对保险业，尤其如此。

雪灾

2008年年初，中国南方出人意料地下起了大雪，暴雪冰冻造成南方多个地区交通中断、厂房和住宅倒塌等事故，阳光保险承保的大量财产受损、人员受伤，报案量剧增、理赔工作异常繁重。

湖南分公司客户服务部理赔员张唱在2008年1月28日这一天，在一片冰冻中开始了自己的工作。早晨，他驾车去李家塘高速公路收费站核查一辆在冰冻中因打滑而与栏杆相撞的奥迪轿车，赶到出事现场，步行走入高速公路，完成理赔查勘的所有工作后已经是下午了，而到晚上6点，湖南永安又传来一家企业厂房倒塌事故的报案，他再次赶往永安，到现场时已经晚上8点。

相对于整个雪灾，这只是其中一位普通员工一天的工作，只是阳光保险公司理赔工作中极为常见的一幕。在不到两个月的时间里，阳光保险已经接到灾害事故报案23 980件，且赔款数额巨大。对于一家刚刚起步的新公司，无论是财务和服务上的挑战都空前巨大。

地震

2008年5月12日，继南方冰雪灾害之后，一场更大的灾难降临到我国的四川汶川。

如果雪灾只是一个波动的开始，那么到了汶川大地震，阳光保险作为一家年轻公司接受的考验则是空前的。

2008年5月12日下午2点28分，阳光产险四川省分公司彭州市营销服务部出纳员钟芹和罗鸿正在税务大厅办理报税手续，突然间，大地开始震颤，工作人员惊恐万状，四散奔逃，她俩也本能地在第一时间跑出税务大厅。

可令罗鸿没想到的是，转瞬间钟芹又奋不顾身地往回跑，无论她怎样喊叫，钟芹还是跑进了似乎随时就要崩塌的大厅……几秒钟后，文弱的钟芹抱着一摞东西跌跌撞撞地冲了出来。

她取回的是公司的营业执照、税务登记证等重要文件和证照。

同一时刻，产险分公司正在处理业务的田海突然感觉到地板摇晃，他想跑到厕所去，但跑不起来，巨大的恐惧感迫使他本能地躲到了办公桌下面。这时候他听到人事行政部总经理李诚喊了一声："镇静！"同时听到副总经理杨军提醒大家："不要慌！大家到楼梯间去。"在摇晃减弱时，田海和大家"乱而有序"地顺着步行梯从18楼往下跑。石宇切断了电脑电源，还环顾了一下四周，看看没有遗漏的地方，才放心撤离。人事行政部蔡杰和时任总经理助理的李昌建在最终确认人都走了之后才撤离。

下午2点31分，绵阳中心支公司接到了绵阳高新区火炬第三小学的报案电话，称有若干名学生伤亡。员工王茂泽等人立即出发，飞速赶往现场；2点35分，他们赶到了几公里外的学校。当把伤者送到就近的医院时，是2点37分。

2008年5月14日早上7点30分，由曾勇、刘成刚、曾彬、罗鸿和钟芹等5名四川彭州营销服务部员工组成的救援小分队整装完毕，他们准备去距离彭州65公里的银厂沟救援。因通往银厂沟的道路大多为盘山公路，曾勇再三叮嘱大家，一定要注意观察周围环境，确保自身安全。驾车驶出彭州市区没多久，他们发现道路已严重塌陷，桥梁已经断裂。小分队弃车步行，翻山越岭赶往银厂沟。上午9时，一支连夜赶去救援的解放军由于不熟悉地形正探索前进，小分队自愿为部队当起了向导。经过6小时的艰难跋涉，抵达了银厂沟风景区。眼前的风景区已是面目全非，惨不忍睹。此次救援行动共救送伤员9人次到市中心医院……

但是阳光保险面对地震时的情况远不只救人和自救这么简单。

5月12日，还有3个月，北京就将迎来奥运盛典。此时的首都，正对未来充满想象。下午2点28分，震感传到北京，张维功正在办公，随即，他要求办公室立即疏散总部员工；在第一时间得知四川地震发生的消息后，他迅速要求致电四川分公司了解地震灾情。

13日，阳光保险集团下发《关于启动汶川地震应急预案等有关事项的紧急通知》，并成立了四川地震救灾应急领导小组和产、寿险总公司领导为成员的理赔救灾指挥小组。阳光保险提前准备的理赔预付款达2 000万元，用于灾后迅速预付赔款。当日，时任阳光产险理赔部总经理的庞柏青马上起程辗转赶赴成都。

5月15日，时任阳光产险总裁助理的李更一行受张维功的委托赶赴成都。当晚，他们就召集分公司中层以上干部开会，研究部署下一步工作。

16日，李更奔赴地震重灾区绵阳实地考察灾情，慰问员工，指挥救灾。当晚返回指挥部听取银厂沟风景区游客意外险的情况汇报并作出具体的安排。

5月25日，张维功赶到了成都。此时，四川青川县发生了6.4级余震，成都地区震感非常强烈，张维功上午到阳光产险看望战斗在第一线的理赔员工，并听取救灾理赔情况汇报；下午，赶往刚刚成立不久的阳光人寿，勉励员工并与员工进行了两个多小时的座谈。5月27日，余震依然不断。张维功赶到了重庆，看望那里的同事，并和员工进行了长时间座谈。

地震对于阳光保险这家年轻公司来说，是一个严峻的考验。除了自救之外，还有大量的赔款案子要处理。

金融风暴

自2008年9月左右开始，以雷曼兄弟公司倒闭为源头的金融风暴点燃了整个世界性金融危机的导火索。成熟市场经济国家中周期性的经济大波动开始了。

正如我们在前面看到的那样，在市场经济中，周期性的经济波动，是市场经济自我设定的一个清退器。它的定期到来，是清退那些在市场经济中累积风险已久的弱者。

但是对于年轻的中国经济来说，尤其是对于更为年轻的阳光保险来说，危机造成的波动带来三个方面的重要影响。

首先是信心的影响，由于现代传媒的发达，金融危机发生的传播速度是空前的。这在相当程度上加快了金融危机的深度，尤其是在中国，人们对金融危机了解不深。在问题出现的情况下，第一反应本能就是捂紧钱包。因此保险业务发展受到短时间的影响。

其次是业务的影响。中国经济的发展，在21世纪之后实际上高度取决于全球化的发展。因为中国是劳动力密集型国家，因此在全球分工中，中国制造成为最重要的分工定位，大量的制造业工厂都在中国。而金融危机给世界带来的消费下降，对于中国来说直接的影响是国外订单的下降甚至取消，工厂产能的利用度在快速下降，作为制造业发展基础的农民工被大量清退返乡，中小企业甚至出现了倒闭潮。在这个过程中，已经开始深度楔入中国经济核心层的阳光保险，面临着需求下降的巨大挑战。

最后是收益的影响。在国内政策允许的范围之内，保险公司的资金大量投资于资本市场，因此资本市场的起伏与阳光保险的收益息息相关。尽管阳光保险高度专业的投资部门已及时应对，在A股市场处于高位之时已出售了所有持有的股票，但是资本市场的长期低迷会带来未来收益的下降。

应　　对

对于这三重危机，阳光保险的核心管理层首先是界定了其影响程度。

"地震和雪灾的危机都是突发性的。"张维功在公司内部坚定而清晰地表示，"它们对于公司的影响，已经涵盖在我们保险精算的模型之中。但是金融危机的影响将是长期的，而且有很大的不可知性，因此必须引起高度重视。"

对于一家快速成长的公司而言，危机的到来就像是成年礼。它把公司成长中不健康的因素清除出去，并考验公司自身对风险的承受能力。

此时的阳光保险，正处于一个快速成长的高峰期。截至2008年6月末，阳光保险的总资产已经达到311亿元，其省级分公司已经遍布全国。

对于快速成长中的这个门槛，张维功高度重视。他已经看到了公司充足现金流背后的隐患。

对于像阳光保险这样的企业来说，看到隐患是关键的一步。沿着正确的企业战略和步骤，公司在进入市场初期，可以从快速增长的市场中拿到相当的份额，因此现金流大量涌入。但此时也往往是企业开始盲目乐观之际，对于成本控制的放松、团队执行力的弱化、对市场跟踪的懈怠，都源于这个时候。因此，危机的到来对阳光保险而言是一场成年礼，十分恰当。

在一家正常运行的公司里发现隐患，是管理艺术的体现。这取决于最高管理者是否战斗在一线、是否有敏锐的眼光，以及对整家公司的熟悉程度。张维功正是这样的人，他像熟悉自己手掌上的纹路一样熟悉这家公司的运作。当经济的波动到来的时候，他第一时间从数据的变化中嗅到了空气中的异样。2008 年 10 月，以一次在北京香山举办的公司高管的战略会议为发端，一场对公司的反思运动，在阳光保险公司开始了。

这正是一家快速成长公司真正梦寐以求的时刻。

反　思

2005~2008 年，作为新兴公司的阳光保险正处于产业开放的典型成长过程中。2008 年，则是它开始脱去稚气，迈向当初创业者们定下的品质和实力目标的转折点。

绝大多数创业型公司，在其早期的过程中，创业者们历经千辛万苦，目标各式各样，无疑都是想建立一家"百年老店"。但是公司在从无到有、从小到大的过程中，伴随而来的一定是队伍的扩张、业务规模的扩大、区域的拓展、机构发展所带来企业控制力的下降。伴随企业的壮大，创业者早期那种蓬勃的精神也逐渐冷却，于是，成功即为失败的开始，成为很多企业无法摆脱的魔咒。

在快速成长的公司的扩张中，无论创业者还是管理者为公司设定如何坚固的防火墙，这样的时刻总会随着公司的快速成长而到来。但是公司开始出现向下拐点的迹象会出现在哪里？也许是反映在数据上，也许是反映在一系列毫无征兆的迹象中。已经有 20 多年管理经验的张维功，作为公司的领军人物，其可贵之处就在于能够从种种迹象中发现公司在细微之外的变化，并且及时采取措施把这种不良的变化消弭于无形。

如果我们仔细看张维功2008年的那张工作日程表，会发现这个卓有经验的管理者的大部分工作是听取汇报、走访一线，对数据进行分析以及与外界各种人员进行沟通等工作上。

正是这种近乎"疯狂"的工作精神，张维功能够全面准确地理解公司运营的所有重要环节，更能洞察未知，把握变化。

到了2008年，随着阳光保险在地域上遍布全国，员工人数增加到了数万人，以及经济波动造成的外部竞争加剧，管理层和员工疲于竞争，出现了懈怠情绪。在各级机构中，重业务规模、轻业务品质的现象有所抬头，再加上冰雪灾害、地震造成的赔付飙升，公司的业务增长和赢利都面临前所未有的巨大压力。如果不能明确方向，这些思想和情绪很可能影响到公司的健康发展并危及公司的战略实现。张维功和核心管理层果断发起一场大规模的"反思"活动，要求整个公司从思想到理念、能力与作风、职业与专业、发展与管理四个方面对公司的运作进行认真反思。

在2009年10月的香山高管会议上，张维功和核心高管对阳光保险的管理层提出了自我反思的要求。

这种反思是严厉的。张维功在会上提出，所有管理层要问10个"知不知道"：

1. 你知不知道现在的宏观经济形势、变化趋势，特别是影响保险业发展的因素是什么；

2. 你知不知道总公司提出的发展和管理要求是什么；

3. 你知不知道你所领导的机构时时、全面的经营情况，以及每个下辖机构的突出问题；

4. 你知不知道本机构面临的主要问题是什么，真正的短板在哪里，应该怎么解决；

5. 你知不知道你所在公司员工的状态、心态、素质状况如何；

6. 你知不知道真正有效的管理，一是靠制度、责任，二是靠严格管理，三是靠公平公正；

7. 你知不知道对每个机构的管理虽然相同，但方法要有所不同，政策要有所差异；

8. 你知不知道公司管理问题的管理细节；

9. 你知不知道上级公司、监管部门的主要规范要求以及管理规定；

10. 你知不知道机构的主要问题往往出自班子本身。

这10个问题对于任何一个管理者，都是一个直截了当而又全面的考察。这种明确而清晰的要求，说明了核心管理层对整个公司运作的问题所在。其目的是避免阳光保险在高速发展中可能存在的隐患。

对于员工，张维功提出了5个"清不清楚"：

1. 你清不清楚阳光保险是一家什么样的公司，要发展成为一家什么样的公司，对员工的要求是什么；

2. 你清不清楚自己的岗位是什么，自己认识得全不全，理解得深不深；

3. 你清不清楚你所在的岗位对公司价值贡献体现在什么地方，过去做得够不够；

4. 你清不清楚自己的发展目标是什么，如何通过努力才能完成自己的目标；

5. 你清不清楚，只要你不断地做有利于公司价值增长的事，迟早会得到公司的认可和肯定，而这又与自己的前途、命运息息相关。

很明显，阳光保险希望每一个员工都能清楚地了解公司的战略目标，并能与具体的工作相结合。与很多当下的中国企业不同的是，在运营的实践过程中，它开始试图把员工、管理层和客户联成一个整体，从而实现共赢，而不是与很多企业一样，把股东、管理层、员工和客户对立起来，或者进行排序。所有管理层与员工的工作，都是为客户创造最大价值。

在香山高管会议之后，同年11月，核心管理层再次发动全体员工进行反思。在主题为"阳光发展观与价值观"会议现场，在阳光产险有两年以上经营时间的机构管理者的座次和座位按红、黄、蓝的颜色来排座。坐蓝座位区域的是经营良好的机构管理者，坐红座位区域的是经营亏损的机构管理者，"坐黄座位的，你进退都很'自如'。"张维功不无严厉而又幽默地指出，他还建议这种形式在全系统展开。

在这次被阳光保险内部员工称为"反思讨论活动"的会议上，核心管理层无不忧心地指出，阳光保险成立的历史只有三年多，但却经历了太多的重要时期：保险市场竞争最为激烈的时期；资本市场的异常火爆时期；资本市场极度异常低迷时期；中国经济最为健康高速增长时期以及中国经济开始出现明显减缓时期。张维功指出："当前及今后相当长的一段时期内的经济放缓及资本市场低迷，对公司战略目标的实现将形成巨大的威胁。"

同时，与以往不同的是，董事长张维功对这一次的点评十分尖锐。没有给任何人留丝毫情面。他点名批评一家分公司，2008年1~10月，该公司亏损7 800万。"如果按400名员工计算的话，大家都不干活，10个月时间里每个人都可以发20万。大家每天在忙忙碌碌，有的人觉得很辛苦，但是我要告诉大家，换来的结果就是如此，给全系统造成的损失就是如此……阳光只讲功劳，不讲苦劳。"

从此以后，主动并彻底认识当前机构的现状，面临的形势，怎么转变思想以及采取什么措施扭转被动局面，成为阳光产险全体员工共同反思的问题。

"公司发展到了现在，关系到数万人的就业，关系到数万个家庭的生计问题，为了解决这些长远问题，谁的肚子都可以忍受一顿饭的饥饿。"一位员工这样表达了自己的感受。

在这次被阳光人评价为"触及灵魂"式的反思讨论活动中，张维功要求部分管理者必须进行深刻的反思与检讨。

张维功引用了"微软公司距离破产永远只有18个月"的名言来警示自己和他的同事们。他表示：阳光保险正是这样的企业，我们强烈认识到我们可能面临的危机、存在的问题，我们尽早提出来，目的是去解决问题、去克服问题，避免最可怕的情况出现。

此时，中国保监会网站显示，阳光产险规模排名在行业内已上升至第八位。对此，《保险研究》杂志副主编郝焕婷分析说："在新成立的产险公司之中，阳光产险过去三年取得的成绩是最好的，形成的竞争优势也最为明显。"

张维功十分清楚，但是他说："我们不能对自己过于自满，我们要更多地看到问题的存在，和别人比没有意思，我们要和自己的发展目标和发展战略去比，并通过变革实现我们的目标。"

变革是工作，而工作需要能量，能量从哪里来？麦肯锡的咨询师罗格·迪克豪特认为：热力学第一定律阐明，能量既不能被创造也不能被消灭。因此，使一个系统改变为另一个系统所需的能量，要么必须来自一个封闭的系统内部，以能量转换形式出现（譬如说，从光转换为热或从压力转变为温度），要么就必须来自这个封闭系统的外部。

阳光保险利用远见、价值观文化解放了公司内部的"潜在能量"。

仅有理念是不够的，为了营造一种把价值和赢利作为公司第一要务的氛围，张维功几夜未眠，针对公司的问题，写下了"经营者管理训诫"、"三大任务"和"管理十二要点"：

经营者管理训诫：

业务发展不力，原因在于缺乏思路；

成本控制不住，关键缺乏强力管理；

员工缺乏热情，往往源于缺乏沟通；

不要强调客观，根本问题在于自己。

管理者要始终牢记三大任务：

确保企业赢利、确保可持续发展、确保员工价值成长。

管理十二要点：

业务发展思路：创新发展思路，强化队伍建设，注重销售策划；

目标市场管理：坚决砍掉红线，确保真实砍红，体现价值导向；

业务费用控制：切忌费用包干，重在过程管理，坚决执行预算；

挤压理赔水分：考核案均赔款，提高素质技术，严惩违纪行为；

死抓应收管理：建立"黑"名单，实行见费出单，严格一关两停；

渠道专属管理：掌握渠道信息，选择合作目标，专人专属管理；

重视客户服务：崇尚诚信关爱，注重便捷及时，重在规范准确；

人力成本控制：严格执行编制，坚持效能量化，坚决消除"黑"人；

员工队伍建设：精心选聘人才，用心培养提高，严格考核管理；

勤俭办理企业：严管车、房、吃，严控差旅标准，厉行日常节约；

明确利益导向：确立价值标准，好坏定要区分，奖罚必须分明；

执行措施方法：弄清楚搞透彻，定措施死死抓，不奏效动班子。

阳光保险要求产险公司务必将这些内容张贴于每一个机构的办公职场。

反思导致价值观的重塑，公司的新氛围随之而来。在此之后，公司又变得活跃起来，新的想法又开始出现了。比如，车险是传统保险公司的主力险种——车险的运营模式是保险公司被动地按汽车修理厂的报价确定客户的赔付标准，其中有很多水分存在。而阳光保险在仅仅运营三年之后，就开始对这个可能存在虚假理赔水份的空间发起了整合汽车修理厂的行动，试图以这样的做法，挤干水分，为客户和股东创造价值。

事实上，在整个中国向市场经济转型的过程中，社会的变化是巨大的，整个社会呈现出乱花渐欲迷人眼的状况。人们的选择多了，面对利益的诱惑也多了，不是由勤奋工作而是由机会带来的财富常常成为传奇，对正常的社会运行造成不良影响。正如社会学家所言，社会关系是不能预先设定的。因此在整个社会转型的过程中，确实需要整合者，让社会既按合理规律，又按市场规模运作。在这种巨大的空间里，保险公司有很大的作为空间，但是需要员工的大量智慧。

因此我们可以看到，阳光保险的运营，包括核心管理层提出的价值创造的理念，就是引导着公司向一个社会整合者的方向迈进。作为一家公司的管理者，可能张维功或者是阳光保险的高管并没有超凡的智慧，但当他们站在员工群体之中时，智慧是无穷的。

正是站在这样一个角度，在"2009中国金融形势分析、预测与展望专家年会暨第五届中国金融（专家）年会"上，张维功大胆地发表了自己的看法，认为金融危机对中国的金融业是利大于弊。张维功认为，金融危机所带来的好处是不但中国政府和整个社会对金融风险的认识有了一个质的转变，缩小了中国金融业和全球金融业的差距，而且中国金融业的核心地位得到了进一步增强，为将来中国金融业的进一步发展提供了重要的前提。其独特的观点是他独特的思维和乐观主义的最好体现。

张维功的认知是基于社会是波浪式前进和螺旋式上升的哲学规律，因此，对于他和阳光保险来说，危机是别人的，而别人的危机正是阳光保险的机会。

这种商业实践，正是经济理论的核心观点。对于一家管理严谨、组织有力的公司来说，危机对竞争中弱者的淘汰，却给强者留下了市场份额和空间的时机。

这也验证了华为创始人任正非在《北国之春》中的那句话："什么叫成功？经九死一生还能好好地活着，这才是真正的成功。华为没有成功，只是在成长……冬天总会过去，春天一定来到。我们趁着冬天，养精蓄锐，加强内部的改造，我们定会迎来残雪消融，溪流淙淙，华为的春天也一定会来临。"

阳光保险的春天即将到来。

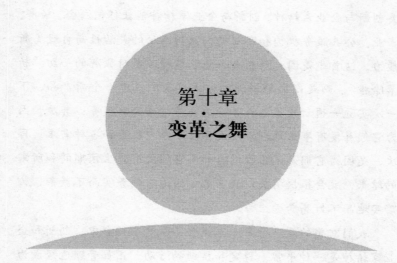

第十章

变革之舞

无论是社会还是经济、公共服务机构还是商业机构，都需要创新与企业家精神。创新与企业家精神能让任何社会、经济、产业、公共服务机构和商业机构保持高度的灵活性与自我更新能力。这首先是因为创新与企业家精神不是对原有的一切"斩草除根"，而是以循序渐进的方式，这次推出一个新产品，下一次实施一项新政策，再下一次就是改善公共服务；其次，因为它们并没有事先规划，而是专注于每个机会和各种需求；再次，是因为它们是试验性的，如果它们没有产生预期的和所需的结果，就会很快消失；换言之，因为它们务实而不教条，脚踏实地而不好高骛远。

　　我们需要的是一个企业家社会。在这个社会中，创新和企业家精神是一种平常、稳定和持续的活动。正如管理已经成为当代所有机构的特定器官，成为我们这个组织社会的整合器官一样，创新和企业家精神也应该成为我们社会、经济和组织维持生命活力的主要活动。这要求所有机构的管理者要把创新与企业家精神作为企业和自己工作中的一种正常、不间断的日常行为和实践。

——彼得·德鲁克

战略协同："同一个世界、同一个梦想"

在保险业内，阳光保险以善于把握"未来的力量"而为行业人士所称道。事实证明，迄今为止，阳光保险的两大远见都产生了巨大的影响。一个是阳光保险创建时良好的公司治理，另外一个则是集团平台的搭建。

公司集团化其实是为这家保险公司发展建立了一个更大的平台。阳光保险形成一个集团之后，集团平台随即成为一个内涵丰富的词汇。从一家单体公司转化为一家集团公司，两字之差，但是它们内在土壤营养的程度却大不一样。公司与公司之间的协同、交叉和合作，在成本控制和市场运作方面，拥有天然的优势。

一个组织不仅存在组织架构、制度流程等组织运行的硬件系统，而且存在一套思想、文化、学习能力、协调能力、创新能力等方面有机组合起来的软件系统。这样的一套软件系统由于不是物质实体，因而难以被许多人所意识、观察与发觉。但恰恰就是这些隐性的看不见摸不着的系统，从本质上和内在基因上决定了一个组织可能的发展空间。

集团公司与单体公司在管理上存在的巨大差异，还体现在集团公司内部同时存在着单体公司内部不存在的两类组织性协作问题。一类是集团公司与旗下各子孙公司之间如何协作的问题，即集合优势的发挥问题；另一类是集团内部相同层级之间的子孙公司之间如何协作的问题，即战略协同问题。

集团总部价值能否正确与充分发挥，又与集团是否有能力处理好集合与协同两者的关系成正比。因此，集团管理面临比单体公司更为复杂的管理问题。

这些看起来枯燥无味的文字，在现实之中会给企业带来巨大的利益。也正是因为这种协同所带来的效益，中国公司在其运作的过程之中不约而同地走向集团化。不过，像阳光保险这样在成立三年之后就走上集团化道路的公司，就是放在整个经济领域，也是少见的。

在现实中，阳光保险集团化后的一项重要工作就是开展交叉销售和综合开拓，也就是产险公司销售寿险公司的产品，寿险公司销售产险公司的产品。如此，既可有效整合内部的渠道、客户、产品和运营等资源，实现资源共享，实现公司价值最大化，提升公司品牌知名度；又可使产、寿险借助集团平台，通过产品交叉渗透，有效扩大客户覆盖面，提高客户忠诚度；还能迅速提升营销队伍的专业技能，稳定营销队伍，为公司创造业绩和新的利润增长点。

从寿险公司核准开始运作的2008年3月，这项工作就开始全面启动，公司迅速制定了交叉销售和综合开拓的财务、考核、运营、人事等各项政策，开发出渠道专属产品，组建起交叉销售和综合开拓两支专员销售队伍，完成了相关系统的搭建。

"当农民们的脸上洋溢着丰收喜悦的时候，集团交叉销售和综合开拓工作也结出了累累硕果。"该项目负责人用这样的语言表达了自己喜悦的心情。

"由于同一集团内部产、寿险公司之间，具有相同的'血缘关系'，经营理念、企业文化、经营政策、信息技术、管理架构等高度统一，集团内部进行联动，可以使联动指标更具有约束力，风险管理便于协调，后援支持得到保证。"阳光人寿副董事长兼副总裁宁首波说，"产、寿联动是实现协同效应的战略选择"。

就销售渠道而言，无论是寿销产，还是产销寿，都是一个多赢的优化模式。以车险业务为例，在交叉销售过程中，因为车险是刚性需求，卖车险可以让客户先认识阳光保险，拥有了阳光保险的第一个产品，业务员就可以跟客户建立很好的联系。寿险业务员卖车险是在帮助产险，而深层次也是在帮助寿险。

对寿险营销员而言，销售同一个品牌下的不同产品，而且这些产品之间没有任何的冲突，他们容易接受。对客户而言，可以通过他们熟悉的营销员购买多种保险产品，因此会感觉更加便捷。

就公司内部来看，这种协同体现为一个营销员有多种产品可供销售，这对于整个公司而言，成本的降低建立在一个客户、营销员和公司共赢的基础之上。

当然，这种协同不是简单的协同，而是基于庞大的营销人员在对多个险种有着更为深入了解基础上的协同，也是公司内部在服务跟进之后发生的协同。为了保证这种战略上的协同，阳光保险集团还得有硬件方面的保障，为此他们雄心勃勃地开始了其后援中心的建设工作。阳光保险集团后援中心建设的规划与实施工作，计划用3~5年的时间，在北京等地建成"功能齐全、配套完善、满足发展、风格鲜明、造型优美"的集后援、IT、电销、培训、科研、灾备等一体的，同时满足不少于一万人集中办公、学习的综合后援中心，以满足集团战略发展的需要。据悉，该项目中心建成后，将会是全国乃至全球最大的后援中心。

变革之舞已然跳起。

组织变革：造永远能报时的钟

在很多情况下，大公司的最高管理机构经常被视作怪物。坐在总部机关里的职员们挥舞笔墨，制定出一条条规章制度，根据数据指挥远在千里之外的人们应该做什么。优秀公司则不然，最高管理机关是一个生活在前线的机构。因为他们不断地走动，了解整个公司在不同地区的不同情况，进而制定出符合整个公司发展的战略。

在这一点上，阳光保险起步时的做法就非常类似于著名的国内企业娃哈哈。娃哈哈掌门人宗庆后一年大约有200多天都身处前线，因此他得以应用快速消费品行业著名的营销手段——联销体。而以同样强度生活在前线的阳光保险高管，会有一些什么样的作为呢？

自2008年开始，阳光保险集团的功能就不断强化，从组织上保证了充分发挥其战略协同的作用，并于2009年初明确了集团公司是集"经营战略、资源配置、资产管理、文化品牌、风险控制"五大管理职能的管控模式，并围绕其五大职能对流程、架构、制度进行了系统安排，使之既能保证集团和各子公司战略方向上的一致性和确定性，又能保证发展过程中的可控性和协同性。

阳光保险的员工们将集团总部在整个公司结构里的定位通俗地称为"战略方向盘、经营红绿灯、业务加油站"。"战略方向盘"即负责制定统一的战略远景、目标、实施计划，为集团和各业务单位提供明确的方向和实现路径；"经营红绿灯"即负责制定清晰透明的政策、制度、标准、铁律、绩效考核与评价体系，通过有效的经营分析和问责制，推动和监控业务运营，确保各公司的运营符合战略目标，有效控制经营风险；"业务加油站"，就是通过实施统一的文化品牌管理、灵活而高效的人力与财务等资源配置、安全高效的资产投资管理，为业务发展提供强大的支持和动力。

在阳光保险集团层面的组织变革中，公司成立了战略与创新发展中心，确立了"洞察分析、把握引领、突破推动、评价监控"的工作文化，成为公司价值创造的引领者、监控者与评价者，让战略管理贯穿公司管理的全过程，成为阳光保险发展的引擎；成立了信息管理中心统一集团公司及产、寿险共享的信息技术平台，"致力于将信息技术运用于公司管理的各环节，并通过最准确、最全面的数据收集和分析，最终实现信息应用价值的最大化"；同时还成立了资产管理中心，统一集团范围内的资产管理业务，确立"支持资产增长、科学资产匹配、追求资产增值、服务公司战略"理念，成为公司资产增值的直接实现者；成立了客户管理部，负责构建集团统一的CRM平台，为更高层级满足客户多样化金融服务需求提供强大的后台支持。

公司集团层面的平台建设和资源共享，实现了公司的集约化经营。

当然变革并不仅仅发生在最高层。2009年6月24日，阳光保险以"改革和创新"为主题召开会议，进一步对整个公司的组织架构进行改革。

以产品分类作为公司的组织架构管理模式是中国产险行业传统的做法。对于传统做法的改变，是优秀公司在竞争中取得领先地位的保障。"要改变这种传统的管理模式，必须以市场需求和客户为导向，重建构架。"张维功说。

随即，阳光产险推出了针对组织架构设计、流程再造、客户群分类、销售体制改革、两核改革、共同资源改革等一系列方案，打通核保核赔两条直管通道，强化财务、人力等三线委派，成立四大中心，实施大区责任督导等内容为主的组织架构改革战略。其中，阳光产险新的组织架构设立了销售中心、客户服务与运营管理中心、资源支持中心和战略客户管理四大中心。

所有针对架构模式的调整目的都指向扁平化管理，而且让运行机制更加畅通。率先在以产品为导向的保险行业推动自身的扁平化管理，阳光产险走出以市场需求和客户导向为价值实现点的第一步。

扁平化管理同时指向基层的执行，当公司开始变大的时候，大的风险随之而来。人浮于事、推诿扯皮、效率低下……"造成公司发展变慢的原因，根源在于执行能力。"张维功认为，"本次架构改革是阳光保险第二步发展战略的战略选择，要从根本上突破发展的瓶颈。"

对执行的要求源于公司文化，现在需要变革是因为公司变得太大了。核心管理层把对员工的要求在原先的四个词"高度、深度、宽度、关联度"的基础上，增加一个新词汇"精度"，凡事务必都要做得精细。"我们必须比警察早一些赶到出险的事故现场！"这成了核心管理层对员工的要求。

构建管理平台，就是把钟造好了，希望它能永远报时。以后援运营平台为例，财产保险周期很短、赔付量很大，因此制约产险增长的主要因素不是销售能力，而是运营能力。运营平台是什么概念？假定一家保险公司今年有100万起赔案，那么在销售前就要想到能不能把服务做好。

这是一次崭新而大胆的尝试。

如果说阳光产险的组织架构改革是迈出的第一步，那么集团架构的调整则更具有深远的意义，这意味着其在集团化之路上迈出了实质性的步伐。

"一个组织变大时，房子中的墙和门就越多，这些墙和门阻碍了部门间的沟通和协调。而为了加强沟通和协调，必须把这些墙和门拆除。"公司的管理者这样描述发生在这家年轻公司中的变化。企业达到一定的规模时，其运营成本和内部管理往往会成为制约企业发展的因素，很多企业的衰亡不是由于外部的原因，而是因为内部因素。建立企业内部的战略协同体系是解决这个问题的关键所在。

时者，势也。

阳光保险注定将在竞争的硝烟中走出东方式的扩张之道。

多元行销：未来的力量

2007年9月10日，几乎与寿险公司组建同步，以集团为平台，阳光保险开始组建位于北京的北方电销中心，并于2008年1月2日正式开始业务销售，阳光保险多元行销渠道建设的大幕就此拉开。

电话销售是一个21世纪逐步开始为中国公司所普遍应用的手段。从整个社会看，这种手段的应用，大大节省了销售环节的总成本。

通常意义上，商业性公司要为自己的产品和服务找到顾客，所应用的手段无非通过广告＋渠道、上门营销、电话销售、网上销售等方式。从成本来看，相对于传统渠道，电话销售不仅节省了保险公司的人力和交通成本，更能节约顾客的时间，而这种成本的节约和效益的提升使保险公司在产品设计、定价上得以作出更有利于客户的安排，是一种更为先进的手段。

作为一个新兴渠道，电销业务在国内已表现出巨大的发展潜力。2007年4月，中国保监会正式颁布了《关于规范财产保险公司电话营销专用产品开发和管理的通知》，2008年则颁布了《关于促进寿险公司电话营销业务规范发展的通知》对电话营销业务的经营模式、开办条件、管理制度和产品等各方面作出了详细、明确的规定。

这是监管部门首次对销售渠道和渠道专用产品进行规范，充分表明监管部门鼓励和支持渠道创新的态度，同时也说明电销渠道的特殊性和重要意义。

善于发现并把握机会的阳光保险当然不会错过这个难得的机会。紧跟保监会的规定，阳光保险的电销中心于2008年1月2日正式开始业务销售。

至今，阳光保险已经在北京、无锡、深圳、成都等地建立了电销业务中心，渠道也从单个寿险渠道发展成为寿险、车险、意健险等三条渠道，并设立了产险电销事业部、寿险电销事业部，其目标剑指国内一流的电销中心。

在电销业务高歌猛进的同时，2010年2月，阳光保险在国内最大的电子商务网站淘宝网上的保险旗舰店开业了，吹响了阳光保险搭建电子商务平台的号角。

一个企业能否有可持续发展的潜力，关键在于其创新的能力。销售工作作为保险公司的重中之重，创新是提高企业市场竞争力最根本、最有效的途径。阳光保险多元化的行销体系，已经为公司的基座之一——承保利润奠定了坚实的基础。

好创意、好产品

2009年1月25日，由《理财周报》评选的"2009中国百万中产家庭首选保险品牌榜"在京揭晓，阳光保险一举夺得"最佳创新产品奖"、"最佳少儿保险产品奖"、"2009中国十大最佳理财产品"等三项桂冠。

同月，"阳光人寿金色阳光888保障计划"和"阳光人寿真心十益两全保险"还分别获得第四届中国保险创新大奖中的"最畅销保险产品奖"和"最佳人身意外保险产品奖"。

……

几年来，阳光保险的产品屡屡获得社会各界好评，根本原因就是不断创新，把保险对客户的关怀、客户对保险产品的感受放在第一位，坚持采用"以人为本"的方式开发保险产品。

"产品创新是头等大事，产品创新是保持市场竞争力的重要武器"，早在2005年7月，张维功就提出，产品创新一定要进入实质性推进阶段，产品业务部门要把这个问题当成头等大事来抓好落实。

对一家公司而言，没有新的产品，就没有自己的特色，就不可能保持市场的竞争力，更谈不上自己是一家创新型的公司。

保险行业，有一种近乎主流的观点，认为中国保险业开发了很多产品，但是成功的没有几个，因此没有必要下很大力气去做。对于这种观点，张维功坚决反对："别人不成功，并不代表我们不会成功。过去不成功，并不意味着今天和以后不成功。"

事实上，产品创新是金融创新的重要内容，保险业一定不会脱离这个规律。为此，阳光保险的产品部门以高度的责任感和使命感，在产品创新上不断"亮剑"。

几年来，公司先后开发推出了老年人骨折保险、旅行社责任保险、住宅物业管理企业综合保险、银行现金整点外包责任保险等多款新产品。

其中，2007年年初新生仅两年的阳光保险推出了一款名为"新产业工人保险"的产品。在阳光保险的定义中，新产业工人是农民工的代名词。

在张维功的经营理念中，保险是一项高尚的社会事业，这在"新产业工人保险"中体现得非常到位。作为剩余劳动力的一部分，农民工进入城市是一个大方向，而当农民工已经以产业工人的崭新姿态登上了中国当代的历史舞台时，其生存现状却不容忽视。比如工作环境恶劣、缺乏劳动保护、超时疲劳工作现象十分严重，由此引起职业病和工伤频发。如何保护新产业工人的合法权益，其中有很多工作要做。从"最急需"的角度看，作为一个特殊就业群体，新产业工人面临的主要风险是工伤和大病。由于得不到有效的社会保障，近几年因伤致残、因伤致亡、因伤致贫和因病致贫、因病返贫的问题比较突出。解决好这些问题，需要全社会的共同努力。

正是在此基础上，阳光产险重庆分公司万州中心支公司迅速进行了市场调研，详细掌握了当地劳务经济发展的具体情况，并与万州区劳务办等部门联合举办了新产业工人意外伤害保险工作会议。2008年，在万州地区该产品销售数量达到了10万人次。

同样的公司文化反映在对地震产品的开发上。在四川大地震发生后，公司产品部门在新开发产品上表现得反应迟缓，张维功毫不留情地对产品研究发部门提出了批评和要求。"一次地震可以使我们开发出10个新产品。地震发生后，所有人的保障意识都加强了，对保障的要求完全不一样了，一定希望有更多的保障内容。"

根据公司核心管理层的要求，公司产品部门的工作人员随后赶到了灾区，了解当地老百姓的想法和需求，了解他们希望获得什么样的保障。

"阳光保险要做市场的领跑者。领跑者并不一定是最大最强的，但一定是最快的，凡事走在前面，就会成为主流，其中产品代表着方向。"张维功表示。

创新是创新者的通行证

钟文燕是阳光人寿广东分公司培训部的一名员工。2008年6月13日，她参加了阳光人寿第一次全系统工作会议。听完张维功的讲话，钟文燕写下了《全力以赴 做到最好》的体会文章，文中有三个小标题："努力做到一点点不同"、"服务无小事"和"不怕没经验，就怕没思路"。看到这篇文章的最后一个标题，张维功当即给她个人写信，以鼓励其他员工提出更多的建议或创新思路。

在张维功看来，在业务员之中、管理团队之中，可能就孕育着很多好的主意，但是管理者却视若无睹，充耳不闻，或者干脆闭上眼睛、堵起耳朵。发展的思路来自哪里，一定是来自基层，来自市场。

每到一个机构，张维功一定与业务员座谈交流。据说这个习惯和张维功出身保险业务员有关。

从基层"拾阶而上"的张维功是伴随着中国保险业的开放而成长起来的，这使得他几乎熟知保险业的每一个脚印。中国本土保险业的实际状况和中国经济在世界经济舞台中的表现趋势让他兴奋不已。对他而言，保险业是一个广阔得不能再广阔的天地了。尤其是搭建起阳光保险这一个平台后，有了肥沃的土壤，他就可以大胆地实践自己的想法了。

从阳光保险筹备开始，张维功就要求无论是管理者还是员工都要追求努力做到"一点点的不同"。尽管是"一点点"，却让各级管理者大伤脑筋。

许多人认为创新是件很难的事情。从根源上说，创新之所以难，是难在缺少具有创新精神和创新动力的人，而缺少创新精神和创新动力的人的原因则在于对创新主体基本权利和利益的保护。

2008年9月中旬，王琴加盟阳光保险从事人力资源工作。此前王琴也一直从事人力资源方面的工作，尽管对自己的专业能力一直十分自信，但是进入公司工作后，她发现公司的人力资源政策有不同寻常之处，比如说员工父母60岁、70岁生日当天，员工可以享受专门的探亲假期和公司专门送上的"祝福红包"。由此，她更深刻地理解了阳光保险对于"一点点与众不同"的追求其实完全是融入日常工作中去的。2008年11月，王琴写下了《创新在人力资源部》一文。后来张维功通过内网读到该文中"让我们的创新成为公司价值增长的源泉"一句话时，即批阅"写得很好"。这一微妙的举动使各级管理者把目光投向了基层员工中孕育的创新思想。

张维功以创新之手推动着公司创意的涌动。

阳光保险吸引了大量的优秀人才，然而，如果具有创新意识的员工所在的机构或部门不能为员工提供很好的激励，员工就不会产生积极创新的动力；而如果没有良好的以各种制度构成的机构或部门的内部环境，就不可能产生良好的机制。

阳光保险从创新机制和制度方面积极鼓励、支持和保护员工的创新行为。

在KPI①考核指标的制定上，他们把创新放在一个突出的位置，把创新能力视为管理者的一种必备素质；建立了创新奖励基金，对有创新成果、创新贡献的人员给予相匹配的奖励激励；成立了专门的创新管理部门，负责对创新文化的推动、创新项目的组织与实施。

张维功表示，即便是最基层的员工提出了一个很好的建议，也一定要有所回应。如果这个建议被否定了，否定者要承担责任……

"如果你所做的事情不能做到与以前有所不同，你最好不要提前向老板汇报"，一位张维功身边的管理者告诫他的属下。几年来的"教训"令他工作起来十分谨慎。

---

① KPI（Key Performance Indicator，关键绩效指标），是通过对组织内部流程的输入端、输出端的关键参数进行设置、取样、计算、分析，衡量流程绩效的一种目标式量化管理指标，是把企业的战略目标分解为可操作的工作目标的工具，是企业绩效管理的基础。——编者注

普遍而言，从国外引进产品到引进产业，中国企业在30年内，因为后发优势，实行赶超战略，在短时间内已经做到了与世界同步的状态。正是在这个状态下，"创新"成为时代的口号和政府与社会普遍的要求。只有创新，公司基业才能长青；也只有创新，后发国家才能避免发展中的"日本式陷阱"，即到达一定的现代化水平之后因为依据后发优势快速发展，导致创新能力不足而陷入经济停滞。

事实上，普遍意义上的创新是困难的。阳光保险的很多实践似乎证明，现代意义上的创新，是在高度实践基础上，为消费者所接受的各种方式、方法和产品的总和。只有公司文化提供了和谐与宽松的空间，才能把所有员工和管理者的智慧集合起来，创新才会源源不竭。

这就是阳光保险创新的原动力。

第十一章

用明天的视角作
今天的选择

明天总会到来，又总会与今天不同，如果不着眼于未来，最强有力的公司也会遇到麻烦。对所发生的事感到吃惊是危险的。哪怕是最大的和最富有的公司，也难以承受这种危险，即使是最小的企业也应警惕这种危险。

　　没有人能够左右变化，唯有走在变化之前。

——彼得·德鲁克

与伟大的时代一起前进

谁在推动进步?

当中国从一个静态的计划社会中快步走出,进入一个以改革为名的时代,它的宽容和学习能力是空前的。

然而在纷繁复杂的社会现象背后,是谁在推动进步?是作为竞争个体的公司。

公司作为一个社会中的个体,为了能够永续经营,对自身进行着否定之否定,在动态的平衡之中,不断地通过各自的功能提供更多和更好的社会福利,推动着社会进步。

阳光保险从它新生的那一天开始,核心管理层就表现出了对永续经营的不懈追求,并不断自我更新。张维功和核心管理层通过一个完整的文化体系,建立了一个从管理者到一般员工普遍追求的整体目标之后,接下来的工作就是不断地发现有创新力的人才,同时寻找出公司运营中的不平衡,给予解决。

从根本上说,所谓的管理就是用合适的人来做合适的事情。早期的阳光保险针对保险业开放较晚的特点,用引进人才、发展业务的方法完成了崛起。之后又以一场潜在危机为契机,对整个公司进行了思想观念的洗礼。现在应该是向优秀公司目标进军的时候了。

国内保险业的进一步开放也给一家优秀公司带来了机会。政府对保险业的投资开始进一步松绑,直接投资于A股市场已经被允许,进一步地放松投资边界的前景已清晰可见。很明显,在市场经济进一步深化的过程中,投资主体的多元化,已经成为事实。

现在,阳光保险"打造最具品质和实力的保险公司"的愿景,其前景已经清晰可见。

商业性公司从无到有的过程总是这样的,一开始,创业者们只是在心里有一个模糊的愿望。在阳光保险的早期,创业团队的品质、工作经历和从业经验，构成了公司最初的梦想。尔后，通过种种努力，创业所需要的资源开始向他们集中。道路在行进中渐渐清晰，最初的那个梦想，指引着前行的方向。渐渐地，道路开始平坦，天空开始明朗。越来越多的人、财、物开始在这些梦想者的周围聚集，领先产生了。

客观上说，在把阳光保险做成一家全国性公司的5年之中，最初的创业团队那种近乎狂热的工作热情，是整个公司快速成长的发动机。张维功说："我不是为成为榜样而努力工作，但我和高管层的工作，确实是整个公司文化的推动力量。"

张维功经常说，以文化来聚合人的力量。因此阳光保险对于公司文化的坚持已经成为公司的金科玉律，这也是阳光保险在白热化竞争中的核心竞争力。在渐行渐进中，仅仅过了5年，阳光保险就进入了新一轮成长阶段的发力期。

寻找世界定位

"在这个伟大的时代一切都有可能发生"，时代给了每个人创造力发挥的巨大空间和无限的机遇。阳光保险的历程，证明了这一切的确可能发生。

现在，对于这家年轻公司来说，要想在开放的大潮中与中外金融保险业的巨头们抗衡，赢得自己的生存和发展空间，就必须在世界金融保险业的范围内寻找并明确自己的战略定位。也正是因此，张维功把目光移向了海外。

2008年8月27日，是北京奥运圣火刚刚移交给伦敦的第三天。而就在这一天，张维功即率团赴瑞士、英国，对成立于1863年的瑞士再保险公司等12家保险机构进行了友好访问和交流。在北京奥运会举办前夕，人们纷纷预测奥运会带来的效应。对于战略家张维功而言，他的思维和行动几乎同步。

负责具体联系事宜的赵桂芳是阳光产险公司财产和再保险部的员工。作为业界资深的核保人，她对这次出访的定位评价是：搭乘奥运班车，开启阳光国际化之旅。

当张维功走进瑞士再保险公司CEO兼执行总裁雅克·艾格兰先生的办公室时，忽然发现自己与雅克·艾格兰先生合影的照片竟然摆放在办公桌上，这也是办公室里唯一的一张合影照片。

这让张维功感到很惊喜，也感到十分温馨。这张照片是从哪里来的，又是怎么回事呢？

原来，2008年8月8日这一天，雅克·艾格兰先生也赶赴北京观看奥运会。得知这一消息，赵桂芳立即通过瑞士再保险北京分公司的总经理联系到了他，并介绍了阳光保险的发展概况。此前，雅克·艾格兰曾经到访过阳光保险，并与其签署过战略合作备忘录。对中国市场充满期待的雅克·艾格兰先生恰好也期待有这样的风云际会。于是，在这个特殊而富有意义的日子，他来到了阳光保险在京总部。

"特别的日子，特别的情感，特别的味道"，叙述这次会谈时，赵桂芳满脸愉悦的表情。当雅克·艾格兰即将离开时，张维功将一份小小的礼物赠送给了他。这份精致的礼物正是雅克·艾格兰前一次和这次来访的照片。

或许是感受到了张维功的特别用心和诚意，或许是领略了阳光人的效率，或许还对这次愉快的旅程难以忘怀，或许是因为奥运盛会带给他的震撼与美好享受，雅克·艾格兰先生回到总部就把他与张维功合影的照片精心地摆放在了办公桌的案头。

瑞士再保险的高管层、资深核保人、资深风险管理师以及全球市场开发负责人对张维功一行在奥运会一结束便即刻到访充满了浓厚的兴趣，全部参加了这次交流。

会谈中，张维功详细地介绍了阳光文化在选择股东、治理结构、发展战略、经营原则、红黄蓝赢利模式、人才培养及管理创新等方面的指引作用。

瑞士再保险的同行们对阳光保险三年来取得的成就和集团化战略的提前实现表示出无比的惊讶和极高的兴趣，对阳光文化在公司发展过程中所产生的重要作用和展示出的无限魅力给予了高度的评价，并积极称赞阳光保险的管理模式和发展思路与他们公司的管理追求完全一致。

瑞士再保险公司于1863年成立于苏黎世，在世界上30多个国家设有70多家办事处，全球现有员工9 000多人，公司总资产达1 426亿瑞士法郎，被公认为是风险转移组合最多元化的全球再保险公司，也是世界最大的再保险公司之一。

能得到国际同行的肯定，使随同张维功出访的其他领导感到十分惊喜。

瑞士再保险的同行们还就他们关注的问题直率地提出疑问。他们问：阳光保险公司的战略规划是如何实现的，是因为偶然的机遇，还是因为按照既定的计划？

张维功微笑着告诉他们：所有的目标都是按照既往设定的目标完成的，所有实现的战略都是在预料和设计中的；但所有的机会都要力争抓住也是我们的战略追求。

对同行们所关心的公司治理问题，张维功幽默而风趣地回答说：其他公司是有了股东再选择董事长，阳光是先有了董事长再选择股东，因此公司治理是最理想的。

听完他的介绍，雅克·艾格兰先生对他的同事说："You should not miss it if you have the opportunity to meet people like Chairman&President of Sunshine Insurance Group. （如果遇见阳光保险董事长这样的人，是不能与之失之交臂的。）"其全球市场开发负责人则说："It is worth while to corporate with Sunshine Insurance Group. （阳光保险这样的公司值得合作。）"

劳合社作为世界上最大的保险人和再保险人之一，在世界保险业享有极高的声誉。世界上第一张汽车险保单、第一张航空险保单、第一份超赔再保险合同等都由劳合社设计的。劳合社承保的业务包罗万象。它曾经为无声电影时代知名美国喜剧演员卓别林承保过斗鸡眼，为好莱坞多名女星如贝蒂·格拉布尔、波姬·小丝、蒂娜·特纳等承保过美腿，还保过杰米·杜兰特的鼻子、亚美莉卡·费雷拉的微笑。这些稀奇古怪的险种听起来令人匪夷所思，但却是保险公司源源不断的创造力的象征。在成熟市场经济中经营风险的商业性公司，可以为一切风险承保，前提是经过精算之后有赢利可图。正是因为这样，保险公司才会是成熟市场经济中不可缺少的一环，并为未来提供尽可能的保障。

"在保险行业内不知道劳合社，就好像在银行业工作而不知道花旗、汇丰一样。"业内资深人士这样评价劳合社。

劳合社保险大厦位于伦敦金融城中心，进入这栋大楼要经过很严格的安检，即便是在大厅，拍照也绝对不允许打闪光灯；如果男士穿西装没有打领带，很有可能会被身着燕尾服正装的保安"请"出去，因为就连劳合社的门卫都戴着非常正式的礼帽。劳合社的管理机构是劳合社理事会，设18个席位，劳合社主席即理事会主席。

可是就在北京奥运会结束后没几天，世界上最古老的保险市场的领导机构主席彼得·列文，与年轻的阳光保险集团领导者的双手紧紧地握在了一起。

这是历史性的一刻！

2007年度，劳合社的业务承保能力为161亿英镑（约314亿美元），如果将其看做一家实体公司，它的"营业额"可以在世界五百强企业中排在第210位左右。在彼得·列文看来，中国是一个迅速成长的保险市场，"有巨大潜力"，因此他不遗余力地帮助劳合社进入中国。为此，在彼得·列文的坚持下，劳合社在上海成立了一家再保险公司。

2005 年 11 月 9 日，当胡锦涛主席对英国进行国事访问时，劳合社终于得到了允许在华成立一家再保险公司的承诺。当时刚刚成立不久的阳光保险也迅速与其联系开展合作。

当张维功将阳光保险与劳合社在华子公司合作的第一笔再保险业务、也是劳合社子公司在中国的第一笔业务资料复印件赠送给列文时，他非常非常感动，不停地说："Thanks a lot!（非常感谢！）"

彼得·列文曾经担任伦敦"金丝雀码头"的主席兼首席执行官、德意志银行的副主席，更早之前则担任过信孚银行国际主席以及摩根士丹利的高级顾问。他还曾担任伦敦金融城市长并于 1989 年授封爵士，后于 1997 年授封"终身贵族爵位"，目前为英国国会上议院中立人士。除担任劳合社主席之外，列文目前还兼任通用动力（英国）有限公司主席，并兼任道达尔石油、中国建设银行和 Haymarket 集团董事。

2008 年 8 月 24 日，列文应邀并代表伦敦市政府参加了北京奥运圣火的交接仪式。刚刚返回伦敦，参与奥运会的兴奋还没有消失，就有机会与中国的同行进行交流，探讨合作事宜，列文非常兴奋。

事实上，劳合社曾经接待了很多来自中国保险业的访问团体，但是他们觉得，这次接访是让他们印象最为深刻、也是最有价值的一次。

劳合社中最大的辛迪加 Cetlin 公司的 CEO David Cabjon，Lockton保险经纪公司 CEO 兼执行总裁 Julian James 先生等国际保险业的领袖人物均以最高礼遇热烈欢迎张维功一行的到来，所到之处，他们除了就中国保险市场发展、保险公司周期管理、合规、投资、新产品开发、再保险、自保公司、劳合社交易运作模式等议题展开了多场讨论与交流外。

这次访问能够得到彼得·列文先生的肯定，其中很重要的因素是他与张维功有着相似的工作经历。

彼得·列文曾经做了 21 年的商人，后担任当时的英国国防部采购署署长的常任秘书，并在那里工作了 6 年。

1992～1997年，他担任时任英国首相梅杰的顾问，其主要工作就是找出各个政府部门可以提高效率的地方，帮助他们提高效率，主要就是把企业的做法引入政府部门。在政府部门工作了11年，他重新回到了企业。在列文看来，政客很受限制，需要作很多妥协，在企业就不一样了，可以放手实践自己的想法。

彼得·列文认为，自己在政府工作的经历对劳合社的业务非常有帮助。他在担任伦敦金融城市长时，每当有外国元首访问英国，第一个晚上通常都会参加女王的招待晚宴，第二天晚上就会参加金融城市长的招待晚宴。因此，列文有得天独厚的优势接触各国的国家领导人。

从企业到政府，列文认为自己可以带去很多知识；而从政府再回到企业，他会比别人更能了解政府的工作方式。

在他看来，世界任何国家都一样，如果你身处政府部门之外，你以为你了解政府的工作方法，实际上你根本不了解。即使到今天，当他的同事收到政府的信函时，还会征求他的看法，然后列文就"翻译"给他们听，告诉他们字里行间的真正含义。

这样的经历，与张维功先企业后政府，之后再组建企业的经历非常相似。这一点为他们找到了共同语言，也使得列文对张维功充满了兴趣。因此，他称赞说："It is unusual to see people with prospective and strategic insight, just like Sunshine Insurance Group Chairman&President.（像阳光保险董事长这样具有前瞻性和战略性目光的人是不多见的。）"

张维功一行结束访问回京一年之后，赵桂芳就登上了劳合社的讲坛。这个讲坛已经有300年的历史了，能够登上这个讲坛的都是全球最资深的保险从业人员。

但是，这个外表柔弱的东方女性却在2009年10月15日用流畅的英语向劳合社的成员发表了主题为《中国保险市场前景和阳光保险》的演讲。

当她讲到张维功为了追求心中的理想，为了阳光保险未来稳健的发展而放弃了巨额财富并从零开始时，讲台下立刻响起了热烈的掌声。阳光保险的故事随即传遍了整个劳合社。

劳合社的掌声说明，尽管中西方文化有着巨大的差异，但是人性是相通的，他们能够完全理解张维功在调整股东时的艰难抉择，他们也能够完全体会张维功和"阳光创业先锋"们的心路历程。

劳合社的掌声说明，阳光保险的历史尽管只有5年，相对于拥有300多年历史的劳合社，阳光保险还非常稚嫩，但是阳光人以前所未有的勇气和智慧创造了传奇般的故事，这些故事感人至深。

劳合社的掌声还说明了中国作为一个正在崛起和快速发展的国家，拥有无比诱人的保险市场，他们对这块美味的蛋糕充满了浓厚的兴趣。

所有这一系列的动作，都意味着阳光保险把目光转向了海外。事实上，在全球化的今天，作为竞争个体的公司，只有在全球范围的业内找到属于自己的定位，才能找到属于自己的竞争地位。对于刚刚开放的中国金融业来说，它在全球的竞争中既古老又年轻，作为业内的原始形态，在1 000年前的宋朝，中国就已经出现了纸币；但对于一个在现代经济中起到主导地位的现代金融业，阳光保险所处的行业实在太过年轻。

同行的赞誉来自于对阳光保险的肯定。作为合作伙伴，无论是最为资深的劳合社，还是瑞士再保险公司，他们对于阳光保险的肯定来自于中国同行的勃勃雄心。这是西方人的惯例，对强大的对手，他们是尊敬的；反过来，也只有强大的对手，直率的西方人才会尊敬。在张维功背后，屹立着一个快速成长的新兴业者和一个正在强大起来的中国。

张维功的出访，代表着阳光保险已经开始寻找世界性的定位了。在全球化的年代，只有在世界范围内寻找到自己的位置，永续经营才有可能。

未来有多远?

阳光保险在成立之初就确立了四步走的发展战略,明确提出"第一步:用3年左右时间,打造中国最优秀、最具成长力的新兴保险公司;第二步:用10年左右时间,打造中国最具品质和成长力的保险集团;第三步:用15年左右时间,打造中国最优秀的保险金融集团;第四步:用20年左右时间,打造国际领先的保险金融集团"。

这是2005年创业团队给所有未来打上"阳光人"标志的梦想。

马丁·路德·金说:I have a dream。一个梦想改变了美国,一个梦想改变了世界。每个人的心底都有属于自己的梦想,但大多数人都觉得自己的梦想只不过是梦想,它虚幻得可想而不可及,于是将它深深地埋在心底,连破土的机会都不给它,这样,梦想怎么会开出绚丽芬芳的花儿呢?

每个企业也都有自己的梦想。阳光保险同样也有着自己的梦想。到了21世纪,这个古老的国家在经历了无数残酷的现实之后,终于开始有人诉说,要实现心中的梦想了。这种社会动向本来如细流一样潺潺流动,但因为社会开始变化,所以梦想有了开花的可能。

即便是在最困难的时候,阳光保险的创业团队也没有放弃最远的目标,他们对这家未来公司的描述是成为变革时代的学习型公司。张维功说,阳光保险的目标,就是朝着像哈佛大学这样标志性的组织努力。

2006年10月,张维功一行踏上了美国的土地,进行了为期13天的工作考察。这里拥有全球最为发达的金融保险市场。

在美考察期间,张维功分别与美国著名的Liberty Mutual公司(美国风险控制研究领域表现突出的公司)首席执行官Forsyghe先生、Aon公司(世界第一大再保险经纪公司)全球再保险经纪主席及首席执行官O'Halleran先生和全球直售业务总裁Lee Dunn先生、Guy Carpenter

（阳光产险再保险合作伙伴）首席执行官 Spiller 先生、Allstate 公司（美国个险业务表现卓著的公司）副总裁 Steven 先生以及相关人员进行了友好会谈。

同时，张维功一行还参观了 Liberty Mutual 公司的风险管理研究中心以及哈佛大学。

漫步在哈佛大学的校园里，张维功的思维沿着哈佛大学的历史畅想着阳光保险的未来。

丘吉尔说过："你向后看得越远，那么向前看得也越远。"

哈佛大学与世界上第一条地铁、第一条电话线在同一座城市，美国独立战争以来几乎所有的革命先驱都出自哈佛大学的门下。哈佛大学被誉为美国政府的思想库，先后诞生了8位美国总统、40位诺贝尔奖得主和30位普利策奖得主。

哈佛大学商学院案例教学盛名远播，培养了微软、IBM等一个个商业奇迹的缔造者。林语堂、竺可桢、梁实秋、梁思成……一个个响亮的名字，都和这所世界最著名的高等学府息息相关。

在世界各大报刊以及研究机构提供的排行榜上，哈佛大学的排名经常是世界第一。该大学在世界品牌实验室编制的2008年度《世界品牌五百强》排行榜中名列第一。

"未来，我们也一定会成为一家备受世人尊敬的企业"，伫立在哈佛大学的约翰·哈佛铜像前，张维功心里这样想。

中国，正影响并改变着世界的一切。诞生于这个古老民族伟大时代的阳光保险，正试图改变着急速变革社会中的保险业。

对于未来，没有人能作出判断。这是一个急速变革的国家和社会，面对的是一个充满不确定性的世界。在2010年春天的北京，阳光保险位于昆泰国际大厦总部的办公室里，张维功确定地说："中国成为世界上最伟大的国家，只是一个时间问题。而我们要在这个国家里，占据一个高尚的位置。"

这是一家有梦想的公司，梦想，才能引导阳光保险前进的方向。

2009年，从来都试图与别人不同的阳光保险，在系统内征集了60个基层员工的梦想。他们是最普通的一线员工，他们的梦想也是每一个中国人的梦想。他们的梦想让人感受到了活力、动力。

阳光人寿湖州中心支公司王兰芬：我梦想我们的营销团队在我们内勤同事的引导和协助下不断成长，尽快实现营业部的自主经营，真正实现专业化、实现以客户的需求为导向的营销模式，成为客户的理财规划师。

阳光产险河北邢台中心支公司尚俊峰梦想中的场景：杨先生创业初期，考查好的项目因为资金问题迟迟不能上马，找到阳光投资公司，经过投资公司对项目的评估和考察，同意为杨先生进行风险投资。项目建设过程中，为了规避风险，杨先生在阳光保险进行了全方位的风险保障。短短两年时间杨先生的公司已经崭露头角，成为阳光保险的忠实客户。在将企业做大做强的过程中，阳光银行以优质的服务为杨先生的公司提供资金支持。由于是阳光金融服务VIP客户，因此杨先生在兑换阳光信用卡积分时，获得了阳光保险赠送的"全家乐无忧"旅行保险……

在整个过程中，尚俊峰可能是一位风险投资评估师，可能是一位保险经纪人，可能是一位信贷员，可能是一位银行柜员，也可能是一位理赔查勘员……尚俊峰说，10年后阳光保险将发展成为一家国际化的金融集团公司，下设阳光产寿保险、阳光信托投资公司、阳光银行、阳光典当等涉及整个金融服务领域的金融子公司，分支机构遍布全国。他表示，不管是从事什么工作在哪个岗位，他都将因自己是给客户提供全方位金融服务的阳光保险集团的其中一员而自豪。

刚踏入阳光保险两个月的蒋蝉珏：作为阳光人寿浙江分公司

湖州中心支公司投保单初审员，她深深感受到了这份工作的魅力与艰辛。她最近的目标是初审零差错率。

阳光人寿广东佛山中心支公司林乐辉的梦想：构建一个中老年人公益的幸福生活研讨团，帮助下一代的年轻人及推动慈善事业。

阳光人寿广东佛山中心支公司刘厚俊想要在未来看到：全国各地都有阳光养老院，所有退休的阳光人都住进阳光养老院，说着最浪漫的事一起慢慢变老。

阳光人寿湖北襄樊中心支公司润波的"梦想"中：阳光保险会走出国门，参与国际化经营。在欧洲、在美洲、在亚洲等都有阳光保险的分支机构。那时的阳光保险属于世界，世界处处有"阳光"。阳光保险的股票会成为交易所的权重股，是所有股评人都津津乐道的股票。

杜鲁门曾说过："梦是心灵的思想，是我们的秘密真情，梦想只要能持久，就能成为现实，一旦被付诸行动，就会变得神圣。"

社会的大门，永远为优秀的公司而敞开。

对于阳光保险而言，影响全世界的金融危机发生时，它依然画出了盈利的曲线，因此在经济最低点开始向上的时候，2010年公司发出了春天的预期。

2009年，成立仅4年多的阳光保险集团保费收入在12月15日这一天首次突破百亿大关，全年保费收入突破107亿元；产险连续3年赢利，再次创造了新设产险公司连续赢利的纪录；寿险新单期交业务排名上升至行业前十位，超过同年成立的其他4家保险公司的总和；公司资产管理水平不断提高，投资收益率继续保持行业领先；阳光人寿电销合计实现行业第三，展现了良好的发展势头，逐渐成为公司未来发展的重要业务增长点。

历经4年多的艰辛搏击与积累，阳光保险已经具备了挑战新高度的能力。2010年，阳光保险的目标是全面推进集团平台为核心，以产险、寿险、电销、资产管理为四翼的整体发展战略。为圆满实现阳光保险第一个五年计划和实现新的历史性跨越而夯实基础，奋力开拓。

2009年12月21日，北京异常寒冷。在国家发展和改革委员会培训中心，阳光保险2010年工作会议提前举行，张维功提出了"三个春天论"：我们要在中国新一轮经济增长的春天、行业全面繁荣的春天及阳光快速发展的春天的大好时期，开创更加美好、更加辉煌的"阳光新时代"。

"如同冬天里的一把火，一下子点燃了我的热情。"王浩是阳光保险数百名经理人中的一员。他是三级机构中的一个代表，其在2009年度业绩斐然。

忙碌了一年，松弛一下神经的念头十分强烈。但是，12月23日下午会议一结束，阳光人寿黑龙江分公司总经理刘兆龙就立即搭乘晚上的航班飞回了冰雪覆盖着的哈尔滨。

他要用张维功的"春天理论"，让北国的春天来得更早些。

事实上，诸多春天的利好消息已经传来。

2006~2009年，阳光保险的投资平均收益率为14.8%，远远超过了行业5%的平均收益水平。阳光保险成为2009年以来首家获得股票直接投资资格的保险公司。

相关人士表示，公司获得股票直接投资资格后，不需要再向资产管理公司支付投资管理费，可直接租用券商交易席位进行股票投资，既降低了交易成本，也可与券商合作分享其相关投研服务。

在另一个体现公司软实力的领域中，阳光保险蝉联"2009年度最佳企业文化奖"。2010年1月8日，"第二届中国保险文化与品牌创新论坛暨第四届中国保险创新大奖颁奖盛典"在广东省东莞市隆重举行。本次论坛中，组委会对阳光文化作了高度评价：

> 阳光灿烂，以文化立业。核心文化的明确，分项文化的深入，在业内独树一帜。以"战胜自我"的企业精神推动自我发现、自我否定、自我奋进，使企业获得飞速发展。以完善小我而成就大我，爱心基金会、青年志愿者协会等组织更是将博爱的阳光洒遍神州大地，实现了企业文化与社会价值的高度融合，以文化铸造保险根基。

这也是阳光保险集团自获得"2008年度最佳企业文化大奖"后，蝉联该奖项。

就在阳光保险年度会议举办的当日，阳光产险的员工飞到万里之外地处中非的赞比亚共和国，拜访那里的客户，在异常艰苦的条件中，签订了8万吨粗铜货运保险协议，这也是阳光保险实施"走出去"战略以来的又一个标志性事件。此前，他们的业务已经遍及印尼、蒙古、缅甸等国家。

2010年1月25日，阳光产、寿险公司携手中国最大的电子商务网站淘宝网共同打造的"保险超市"平台正式上线运营，阳光产、寿险淘宝官方旗舰店伴随"超市"同时隆重登场，"超市"的目标是"让每一个人买到合适的保险"，让每个用户体验到阳光保险提供的快捷安全的在线投保服务。

截止2010年5月19日，阳光保险集团仅仅用了不到5个月的时间就达到上一年全年的业务平台，突破百亿关口；阳光产险行业排名由上2009年年底的第9名上升至第7名，寿险规模保费和新单保费分别由2009年的第16位和第10位而双双挺进前八强，整个集团排名也由第10名进入第8名。

这一天，恰好是6年前张维功赶赴北京开始创业的日子。

……

正是在这样的基础上，"人才要成为阳光保险的优先战略。"张维功表示。

2008年底，有关去华尔街抄底金融人才的梦想曾一度让国人有扬眉吐气的感觉，然而付诸实施的报道却不见踪影。人们往往只沉湎于灵光闪现的兴奋之中。

在悄无声息中，几位在华人保险世界中颇具声望的人物陆续出现在北京昆泰国际大厦28楼的走廊中——阳光保险成立初始就驻扎的总部大本营。

"阳光保险一定要构建人才高地，满足公司战略发展目标的需求。"作为阳光保险集团的总猎头，张延苓在优雅的举手投足间，猎取人才的目光已经从中国内地扩展到亚太地区。

"我们不但要猎取，而且要培育阳光保险的子弟兵。"拥有数十年丰富金融工作经验的人力资源部负责人谭超田，作为操盘手，一年来一直奔波于北京大学和清华大学之间。2008年底，不但阳光的高管团队在这两所知名的学府中接受了轮训，其储备团队也有机会漫步在幽静的未名湖畔。

"北大铸剑，归来再战"，他们用这样的语言表达自己无法遏止的澎湃心情。

正如《圣经·新约马太福音》里说，"你们要进窄门。因为引到灭亡，那门是宽的，路是大的，进去的人也多；引到永生，那门是窄的，路是小的，找着的人也少。"

面对未来，我们唯一能确定的是，未来是不确定的。阳光保险现在既然已经融入社会，张维功的责任就是把这种不确定性转化为一个清晰可见的目标并做好足够的准备。现在看来，阳光保险既有在创新中寻找机会的冲动，又有平衡管理的能力，同时还有完整的团队和独特的企业文化。那么，未来对于这个年轻的公司是可以期许的吗？

本书即将结束，但阳光保险的故事仍在继续。张维功的奋斗仍然会持续下去。他最近一年中最关注的工作之一就是阳光保险集团在全国各地设置的后援中心的设计方案。据说负责设计的公司是一家日本公司，在全球设计界享有盛誉，单是设计师就有2 000多名。张维功多次同设计师深入沟通，他期望未来的阳光保险大厦能够汲取全世界建筑的特色，做成一个可以成为永久性地标的艺术品。

在阳光保险2010年度全国工作会议的晚上，张维功谈到关于公司的未来时，眼睛里有一丝柔和的色彩："我希望，未来当我们老了，这个公司还在健康而稳定地运作，并发展成为世界级企业；我手握拐杖凝望着阳光保险的总部大厦，心想，这样一个企业是我们这帮人从零开始做起来的，我们曾经的付出，是值得的。"

阳光保险，期待永生。

英国前首相丘吉尔说："如果我办得到，我一定把'保险'这两个字写在家家户户的门上，每一个公务员的手册上，以及每一个公司的章程上。因为我相信透过保险，每一个家庭、每一个公务员和每一个团队中是付出微小的代价，就可以免遭万劫不复的灾难的。"

但遗憾的是，在计划经济的体制下，"保险"二字与中国人绝缘了整整20年。20年，不但让我们在唐山大地震中手足无措，也让我们在汶川大地震中损失惨重。"保险"，一个原本慰藉心灵的词汇，也变得沉重起来。

因此，在写作《阳光基业》一书的过程中，我们期望不但要把保险的原理讲清楚，还期望把一家保险公司的经营管理状况说明白，如此难度就增加三个方面：

一是保险业在国民经济中的地位还需要进一步提高。虽然在美国、日本保险业占金融业总资产能够达到20%~40%，而我国连5%都不到，这不但使人们对它了解得非常少，即便是可参阅的资料也十分稀缺。要了解保险行业尤其财产保险行业近几十年来的发展历程，要想查阅到可以借鉴和参考的资料，就成为第一困难的事情。

二是保险业是一门非常复杂的学科，其所涉及的范围非常抽象而又十分广泛，因此要了解并弄清楚这些专业知识，是一个非常大的挑战。为此，我们不得不十分耐心地阅读了数以百万计的枯燥的专业性资料。

三是总结阳光保险的成功之处并非易事。尽管其2005年7月才成立，但是它的发展犹如一列D字头的高速列车，并且处处在创新，所以了解它的轨迹，以及涉及的方方面面，尤其是它的最新进展状况，既需要阅读阳光保险内部的大量资料，还要访谈诸多当事人，因此工作量非常大。

要完成一本书，需要日积月累的素材，以及对素材的精心消化，如此才可以"下笔如有神"，支撑创作的完成。

或基于以上的原因，本书的写作对于我们而言，无疑是体力和心理的双重挑战。

但是正因有着如此的难度，我们才觉得本书的写作和出版更有意义，因为它将填补国内保险业的一些空白，让更多的人了解中国金融保险行业，了解一家金融保险企业的运营，了解中国金融企业的现状以及未来。

在写作和出版该书的过程中，杭州蓝狮子财经出版中心的吴晓波先生也一直关注着本书的进程，其特别助理陆斌先生更是从多个方面提出了很多富有建设性的意见，正是在与蓝狮子愉快的合作中，才提升了本书的层次和品味。

在本书的写作期间，我们还得到了阳光保险集团张延苓女士、王德晓先生、张见先生等公司高层的支持，并采访了阳光保险的一些员工，他们以积极而开放的心态，给我们开放了内部资料，并接受了我们面对面的采访，他们期望能够与业界分享阳光保险的发展经验，在此，我们深表谢意。王留全、沈家乐、岳鹭等编辑则对本书的文字内容进行了认真的编审，他们为本书的出版付出了诸多心血，对他们付出的劳动，我们也只有"感谢"二字。

  但是无论如何，由于时间仓促，水平有限，我们觉得本书仍然存在很多不足之处，为此，敬请读者朋友、业内人士能够提出宝贵的意见，以便我们及时修改。

  郑作时 赵守兵
  2010年6月 于北京